EL REGRESO DEL GRIEGO

KATE HEWITT

Editado por Harlequin Ibérica.
Una división de HarperCollins Ibérica, S.A.
Núñez de Balboa, 56
28001 Madrid

El regreso del griego, n.º 2525 - 22.2.17
Título original: Bound to the Greek
Publicada originalmente por Mills & Boon®, Ltd., Londres.
Este título fue publicado originalmente en español en 2011

I.S.B.N.: 978-84-687-9132-6
Depósito legal: M-41059-2016
Impresión en CPI (Barcelona)
Fecha impresion para Argentina: 21.8.17
Distribuidor exclusivo para España: LOGISTA
Distribuidores para México: CODIPLYRSA y Despacho Flores
Distribuidores para Argentina: Interior, DGP, S.A. Alvarado 2118.
Cap. Fed./Buenos Aires y Gran Buenos Aires, VACCARO HNOS.

Capítulo 1

VENGA por aquí, señor Zervas. Le presentaré a Eleanor, nuestra jefa de proyectos.

Yannis Zervas redujo ligeramente el paso al oír el nombre. Eleanor. No lo había oído en diez años. Pero supuso que sería una coincidencia. A fin de cuentas, en Nueva York había muchas más Eleanor que la mujer que le había partido el corazón.

La secretaria que lo acompañó a través del vestíbulo, decorado con obras de arte y muebles de diseño, se detuvo delante de una puerta de cristal ahumado, llamó una vez y la abrió.

–¿Eleanor? Quiero presentarte a...

Yannis no oyó el resto de la frase. Acababa de ver a la mujer que se encontraba en el interior del despacho.

Era su Eleanor. Eleanor Langley.

Solo tuvo que mirarla para saber que estaba tan sorprendida como él. Naturalmente, intentó disimularlo; pero entreabrió un poco la boca y sus ojos ganaron en intensidad durante un par de segundos.

Después, se levantó del sillón y sonrió de forma profesional.

–Gracias, Jill. Déjanos solos, por favor.

La secretaria notó la repentina tensión del ambiente y los miró con extrañeza.

–¿Traigo café?

–Te lo agradecería mucho, Jill.

Jill salió del despacho y cerró la puerta mientras Yannis intentaba encontrar una explicación al encuentro. En principio, no resultaba tan sorprendente; Eleanor era neoyorquina y, además, cabía la posibilidad de que hubiera seguido la carrera de su madre. Pero la Ellie que él había conocido odiaba el mundo y el trabajo de su madre. Su Ellie quería abrir una cafetería.

–Has cambiado –dijo él.

Yannis no pretendía decirlo, pero no lo pudo evitar. La Eleanor del pasado no se parecía nada a la mujer elegante y sobria que se encontraba ante él. Su Eleanor era relajada, natural, divertida, completamente opuesta a aquella mujer de traje oscuro y cabello recogido en un moño. Sus ojos avellanados, antes dorados y cálidos, parecían ahora más oscuros, más fríos y hasta más pequeños.

Cuando se apartó de la mesa y se acercó para estrecharle la mano, notó que llevaba unos zapatos de tacón de aguja. Algo que su Ellie tampoco se habría puesto nunca.

Sin embargo, Yannis se maldijo para sus adentros por pensar en términos tan inadecuados. No era su Ellie. Nunca lo había sido. Lo descubrió cuando se vieron por última vez y supo que le había estado mintiendo de la peor manera posible; cuando Yannis se dio la vuelta y se marchó sin decir una sola palabra.

Eleanor Langley miró la superficie bruñida de la mesa y respiró hondo. Necesitaba unos segundos para recobrar la compostura.

Durante los diez años anteriores, había fantaseado muchas veces con la posibilidad de encontrarse con Yannis; pero no esperaba que el encuentro se produjera. Imaginaba que se veían, que le decía lo que pensaba de él y que él huía como un cobarde. Cuando estaba especialmente irritada, imaginaba que le daba una bofetada. Y en sus momentos más dignos, se lo quitaba de encima con una mirada fría y llena de desdén.

Nunca había imaginado que se pondría tan nerviosa, que estaría temblando por dentro y por fuera, que no podría pensar.

Volvió a tomar aire, intentó tranquilizarse y lo miró a los ojos.

–Por supuesto que he cambiado. Han pasado diez años –le dijo, fingiendo una fortaleza que no sentía–. Tú también has cambiado.

Era verdad. Su cabello, negro como la tinta, lucía ahora canas en las sienes. Además, su expresión era más dura, más masculina, y le habían salido arrugas. Pero lejos de avejentarlo, las arrugas le daban un aire de dignidad y experiencia. Incluso enfatizaban el gris acerado de sus ojos.

En cuanto a su cuerpo, seguía como siempre; alto, ágil, potente. El traje de seda que se había puesto, enfatizaba sus hombros anchos y sus caderas estrechas. Y lo llevaba con tanta soltura y elegancia como las camisetas y los vaqueros de su juventud.

Su aspecto era sencillamente magnífico.

Sin embargo, Eleanor se dijo que el de ella no le andaba a la zaga. Dedicaba mucho tiempo y esfuerzos a estar en forma; al fin y al cabo, el glamour era un aspecto fundamental en su profesión.

Segura de sí misma, se echó el cabello hacia atrás y le dedicó una sonrisa.

–Así que tú eres mi cita de las dos en punto.

Yannis también sonrió, aunque su mirada adquirió un destello duro, casi como si estuviera enfadado.

Eleanor se dio cuenta y se preguntó a qué se debería el enfado. Desde su punto de vista, ella era la única que tenía derecho a estar enfadada; no en vano, fue él quien se marchó y rompió su relación.

Pero ya no estaba enfadada. Lo había superado. Se había librado de Yannis Zervas. Ya no sentía nada por él.

O eso quería pensar.

–¿Has venido en representación de Atrikides Holdings? –continuó, frunciendo el ceño–. Me habían dicho que vendría Leandro Atrikides... ¿Ha habido cambio de planes?

Yannis se sentó en un sillón, cruzó las piernas y respondió:

–Sí, algo así.

–¿Y bien? ¿En qué te puedo ayudar?

Yannis apretó los labios y Eleanor lamentó que su encuentro estuviera condenado a ser así, profesional, distante y frío. Pero por otra parte, no quería hurgar en el pasado; habría sido demasiado doloroso e incómodo.

Decidió fingir que el pasado no existía. Decidió comportarse como si Yannis Zervas fuera un cliente normal.

Además, no tenía otro remedio. Si mencionaban asuntos personales y sacaban los trapos sucios a colación, su enfrentamiento estaría asegurado. Y a su jefa, Lily Stevens, le disgustaban los problemas con los clientes.

–Bueno, es obvio que estoy aquí porque te necesito para organizar un acto –respondió él.

–Sí, es obvio –declaró ella con brusquedad.

Aquello no iba bien. Cada frase que pronunciaban estaba cargada de tensión. Pero no sabía qué hacer; mencionar el pasado significaría reabrir viejas heridas y avivar el dolor que seguía presente en su alma y en su cuerpo.

Una vez más, se repitió que Yannis Zervas era un cliente; un cliente como cualquier otro. Solo tenía que respirar despacio y sonreír.

–¿Qué tipo de acto necesitas organizar? –preguntó–. Necesito que me des más detalles.

–Pensaba que ya te habrían informado. Estoy seguro de que mi ayudante habló con vosotros por teléfono.

Eleanor consultó rápidamente su archivo.

–Ah, sí... aquí está la ficha. Pero solo dice que es una fiesta de Navidad.

En ese momento llamaron a la puerta. Era Jill, que les llevaba los cafés.

Eleanor se levantó para recoger la bandeja y que la secretaria se marchara cuanto antes. No quería que notara la tensión que llenaba el ambiente. Jill era una joven muy ambiciosa; solo llevaba dos años en la empresa, pero ya había demostrado que era capaz de cualquier cosa con tal de ascender.

–Gracias, Jill. Ya me encargo yo de servirlos.

Sorprendida, Jill retrocedió y salió del despacho.

–Antes no tomabas café –dijo Yannis–. Lo recuerdo porque me parecía divertido que una chica que quería abrir una cafetería, no tomara café.

Eleanor se puso tensa. Esperaba sobrevivir a la

reunión sin que se mencionara el pasado, pero Yannis no parecía desear lo mismo. Se había referido a él con absoluta naturalidad, como si hubieran mantenido una relación buena y llena de momentos felices; como si hubieran compartido mil cosas.

Y no las habían compartido.

Sirvió el café, intentando disimular el temblor de sus manos, y se preguntó cómo se atrevía a actuar como si no la hubiera dejado plantada ni hubiera huido ante el primer problema que se presentó.

Nunca olvidaría el dolor y la humillación que había sentido cuando fue a buscarlo a su apartamento y descubrió que no solo se había cambiado de casa sin decir nada, sino que además se había marchado de la ciudad y del país.

Era un cobarde.

–No estaba especialmente interesada en abrir una cafetería –declaró con frialdad–. Solo me parecía que, en ese momento, era una buena oportunidad empresarial.

Eleanor le sirvió un café solo, con dos cucharaditas de azúcar, como le gustaba. No lo había olvidado. Ni había olvidado los tiempos en que él preparaba café en su diminuto piso de estudiante mientras ella le llevaba a la boca las pastas y los dulces que pensaba ofrecer en su cafetería.

Yannis siempre decía que estaban deliciosos. Pero mentía como le había mentido en tantas cosas; como le había mentido cuando le declaró su amor. Si hubiera estado realmente enamorado de ella, no la habría dejado.

Le pasó su taza y se sirvió otro café para ella, también solo. Ahora le gustaba tanto que tomaba más de la cuenta. Allie, su mejor amiga, siempre le decía que tomaba demasiado; pero necesitaba la cafeína.

Sobre todo, en momentos como ése.

–No es lo que yo recuerdo –declaró Yannis.

Sus palabras la desconcertaron tanto, que Eleanor dio un trago demasiado largo y se quemó la lengua.

–¿Cómo?

Yannis se inclinó hacia delante.

–A ti no te interesaban los mercados y las oportunidades empresariales –afirmó–. ¿Cómo es posible que lo hayas olvidado, Ellie? Solo querías abrir un sitio donde la gente se pudiera relajar y divertirse un rato.

Eleanor supo que tenía razón. De hecho, recordaba cuándo se lo había dicho: después de hacer el amor por primera vez.

Le contaba todo tipo de secretos. Le abría de par en par su alma, su corazón, su vida entera. Y a cambio, él no le había dado nada.

–Estoy segura de que recordamos muchas cosas de forma distinta, Yannis. Y por cierto, no me llames Ellie. Ahora solo respondo a Eleanor.

–Pero si me dijiste que odiabas tu nombre...

Ella suspiró con impaciencia.

–Eso fue hace diez años. Diez años, Yannis –repitió–. Yo he cambiado, tú has cambiado, el mundo ha cambiado. Será mejor que lo superes.

Él entrecerró los ojos.

–Oh, no te preocupes por eso, Eleanor. Ya lo he superado. Lo he superado por completo.

El tono de voz de Yannis contradijo sus palabras. Ya no había duda alguna de que estaba enfadado, lo cual irritó a Eleanor a pesar de que quería mantener el aplomo.

En su opinión, Yannis no tenía ningún derecho a estar furioso con ella; pero se comportaba como si ella fuera la culpable de su separación.

Evidentemente, la hacía responsable.

Por el error más clásico e ingenuo de todos; por el error de haberse quedado embarazada sin querer.

Yannis la miró con intensidad, tan enfadado que ni él mismo se lo podía creer. Pero su enfado carecía de sentido; llegaba diez años tarde.

Sin embargo, necesitaba saber lo que había sido de Eleanor desde que se separaron. Quería saber si había tenido el niño y si se había casado con el padre del bebé. Quería saber si se había arrepentido de haberlo expulsado de su vida de un modo tan lamentable.

Pero no parecía arrepentida. De hecho, parecía enfadada con él; como si hubiera sido él y no ella quien destrozó su relación.

–¿Y bien?

Eleanor sacó una libreta y un bolígrafo, entrecerró los ojos y añadió:

–¿Puedes darme más detalles de la fiesta?

Yannis, que ya había olvidado el motivo de su visita, se echó hacia delante y habló con tono seco y acusador.

–¿Tuviste un niño? ¿O una niña? –preguntó de súbito.

Ellie mantuvo su expresión fría y distante; incluso le pareció más fría y más distante que antes. Yannis pensó que se había transformado en una mujer sin corazón, completamente diferente a la que había conocido.

–Prefiero no hablar del pasado, Yannis. Si queremos mantener una actitud profesional...

–Está bien, como quieras; seamos profesionales –la interrumpió–. Quiero organizar una fiesta de Navidad para los trabajadores que se han quedado en Atrikides Holdings.

–¿Los que se han quedado?

–Sí, exactamente. Compré la empresa la semana pasada y se han producido algunos cambios –respondió.

–Ah, quieres decir que tu empresa ha absorbido a la antigua –declaró con desprecio.

–Sí –respondió él con toda naturalidad–. Al asumir la dirección, mi equipo de colaboradores sustituyó a parte de la plantilla anterior... Quiero mejorar el ambiente de trabajo, y me ha parecido que una fiesta de Navidad sería perfecta.

–Comprendo.

Por la tensión de su boca y la condena de su expresión, Yannis supo que Eleanor no lo comprendía en absoluto. Había sacado una conclusión precipitada a partir de los pocos datos que tenía; los datos que él mismo le acababa de dar.

Pensó que no tenía derecho a juzgarlo de ningún modo. A fin de cuentas, ella había sido tan despiadada e implacable en su vida personal como él en la vida empresarial.

Pero desde su punto de vista, había una diferencia relevante: mientras que Eleanor lo juzgaba sin tener información suficiente, él la había juzgado a ella con información de sobra.

Eleanor tomó unas cuantas notas en la libreta, aunque ni siquiera fue consciente de lo que apuntaba. En su mente seguía sonando la pregunta de Yannis.

«¿Tuviste un niño? ¿O una niña?».

Se preguntó cómo era capaz de formular esa pregunta de un modo tan agresivo. Se trataba de su hijo; del hijo del propio Yannis.

Intentó refrenar sus pensamientos y bloquearlos. No quería recordar el pasado. Había enterrado esas emociones en lo más profundo de su corazón y no iba a permitir que las liberara de nuevo. Eran demasiado dolorosas.

Respiró hondo y lo miró.

–¿De qué clase de fiesta estamos hablando? ¿De un cóctel? ¿De una cena? ¿A cuántas personas quieres invitar?

–Tenemos alrededor de cincuenta empleados, aunque me gustaría que vinieran con sus familias –respondió–. Algunos tienen niños pequeños, de modo que debería ser algo relajado pero elegante a la vez.

–Relajado pero elegante –repitió ella.

Lo apuntó en la libreta, apretando el bolígrafo, y lo volvió a mirar.

–Muy bien. Ahora necesito que...

Yannis suspiró y la interrumpió.

–Mira, no tengo tiempo para entrar en detalles. He venido para hacerle un favor a un amigo y tengo mucho que hacer. Solo voy a estar una semana en Nueva York.

–¿Una semana?

Él asintió.

–Sí. Y la fiesta se va a celebrar este viernes.

Eleanor se quedó boquiabierta. Nadie le había dicho que fuera tan pronto.

–Me temo que va a ser imposible con tan poco tiempo –afirmó–. Tengo toda una lista de clientes que...

–Nada es imposible si se gasta suficiente dinero –le recordó–. Precisamente he elegido vuestra empresa porque estoy seguro de que podéis organizarla. Quería hablar en persona con la jefa de proyectos para simplificar las cosas... y según me han dicho, esa persona eres tú. ¿Verdad?

Eleanor se limitó a asentir.

–En tal caso, escríbeme por correo electrónico y dime lo que necesitas –continuó él mientras se levantaba del sillón–. Me alegra saber que tienes éxito en el trabajo, Ellie. Aunque me pregunto a cuántas personas te habrás quitado de en medio para conseguir este despacho tan bonito.

Yannis miró por el ventanal que daba al parque de Madison Square, cuyos árboles sin hojas se alzaban sombríos contra el cielo invernal.

Eleanor se sintió tan insultada, que soltó un grito ahogado. No tenía derecho a hablarle de ese modo; no tenía derecho a juzgarla.

Yannis caminó hacia la salida y comentó:

–Supongo que nos veremos más antes de la fiesta.

Ella supo que se iba a marchar sin más, después de haber abierto las viejas heridas, y estalló sin poder evitarlo.

–Fue una niña –dijo con rabia–. Ya que te interesa tanto, te diré que fue una niña.

Él la miró y sonrió con desprecio.

–Me interesaba –puntualizó–. Pero ya no me interesa en absoluto.

Acto seguido, se marchó.

Capítulo 2

ELEANOR? ¿Yannis Zervas ya se ha marchado?

Eleanor alzó la cabeza y vio que su jefa, Lily Stevens, estaba en la entrada de su despacho, frunciendo el ceño y mirándola con desaprobación.

Durante un momento, le recordó a su madre; pero no era sorprendente, porque Lily y su madre habían sido socias hasta cinco años antes.

–¿Eleanor? –repitió Lily, con más énfasis.

Eleanor se levantó e intentó sonreír.

–Sí, se acaba de marchar.

–Qué rapidez.

Eleanor recogió la taza de café de Yannis, que estaba prácticamente llena y dijo:

–Es que es un hombre muy ocupado.

–Jill me ha comentado que el ambiente estaba un poco tenso cuando entró.

Eleanor se encogió de hombros. Tampoco le sorprendía que Jill le hubiera ido con el cuento a Lily. Su profesión era verdaderamente dura; siempre había alguien dispuesto a pasar sobre el cadáver de otra persona con tal de ascender.

–¿Tenso? No, en absoluto.

–No necesito decirte que Yannis Zervas es un cliente muy importante, ¿verdad? Las acciones de su empresa están valoradas en más de mil millones de...

–No, no necesitas decírmelo –la interrumpió.

–Me alegra saberlo, porque quiero que hagas todo lo necesario para que su fiesta sea un éxito. Concéntrate en ella. Le diré a Laura que se ocupe de todos los compromisos que tenías esta semana.

–¿Cómo?

Eleanor no pudo ocultar su indignación. Entre sus compromisos, había actos de varios clientes con los que había trabajado durante meses; y sabía que Laura, otra de sus enemigas en la empresa, aprovecharía la ocasión para robarle los contactos.

Apretó los dientes y pensó que su profesión no era exactamente dura, sino brutal. Se había endurecido mucho con el paso del tiempo, pero le empezaba a cansar. En cualquier caso, Yannis Zervas no se merecía que arriesgara su carrera por él. Si Lily quería que se concentrara en su fiesta, acataría la orden y se concentraría en su fiesta. Y después, seguiría con su vida.

–¿Hay algún problema, Eleanor? –preguntó Lily, entrecerrando los ojos.

Eleanor se mordió el interior de la mejilla. Odiaba el tono aparentemente dulce y profundamente despectivo de Lily, el mismo que su madre le dedicaba cuando era una niña.

Casi le pareció gracioso que hubiera terminado en un trabajo como el de su madre y con una jefa como su madre. Pero no tenía ninguna gracia. Todas las decisiones que Eleanor había tomado durante los años anteriores buscaban el objetivo de alejarla de sus sueños y de sus creencias. Pretendían ser una forma de reinventarse a sí misma. Y por lo visto, no lo había conseguido.

–Por supuesto que no. Estoy absolutamente encantada de trabajar con él –mintió–. Como bien has dicho, es un cliente muy importante. Y un gran paso para nuestra empresa.

Lily asintió, aparentemente satisfecha con sus palabras.

–En efecto –dijo–. ¿Vas a volver a reunirte con él?

–Mañana por la mañana le enviaré los detalles por correo electrónico –respondió.

Eleanor se estremeció al pensar en lo que la esperaba. Tendría que dedicar todo el día a hacer llamadas telefónicas y pedir favores para celebrar la fiesta en la fecha requerida. Durante una semana, estaría al servicio de Yannis. Sería su esclava particular.

Pero no podía perder su trabajo. Ni dar a Yannis la satisfacción de saber que le había hecho daño una vez más.

Se concentró en el trabajo y dedicó todos sus esfuerzos a la planificación de la fiesta, procurando no pensar en él. Al cabo de un rato, llamó a la sede de Atrikides Holdings y le dieron un dato tan interesante como poco sorprendente.

Cuando pidió hablar con alguna persona que estuviera informada, le pasaron con una de las empleadas de la empresa. La mujer, que se llamaba Peggy, resultó ser tan agradable como cotilla.

–Todo pasó tan deprisa... –declaró, bajando la voz–. Atrikides era una empresa familiar, y de la noche a la mañana, nos encontramos bajo el control de Yannis Zervas. Despidió a la mitad de la plantilla, ¿sabes? Tuvieron que recoger sus cosas y marcharse ese mismo día. ¡Hasta el propio Talos Atrikides, el hijo del director general!

–Bueno, espero que la fiesta no resulte tan problemática...

Eleanor prefirió dejarlo así por no meterse en líos. Le gustaban los cotilleos como al que más, pero tenía experiencia y no se dejaba enredar por ellos.

Sin embargo, estaba algo alterada cuando colgó el teléfono. Se había enamorado de Yannis Zervas cuando él solo tenía veintidós años y era un chico encantador, divertido y despreocupado. Hasta el día en que se marchó, no supo lo frío e implacable que podía ser. Y los rumores sobre Atrikides Holdings parecían confirmarlo.

Casi era medianoche cuando Eleanor salió del despacho, completamente agotada. Pero ya tenía todo lo necesario para presentar una propuesta a Yannis al día siguiente.

Se masajeó las sienes y salió a la calle. Como no pasaba ningún taxi, decidió volver a casa dando un paseo.

Su piso se encontraba a pocas manzanas de allí, en una torre de hierro y cristal, junto al río Hudson. A Eleanor no le gustaba ese tipo de edificios para vivir, pero lo había comprado porque a su madre le había parecido una buena inversión. Además, pasaba muy poco tiempo allí.

Suspiró, saludó al portero, entró en el ascensor y subió a la planta trece.

Como de costumbre, la casa estaba oscura y silenciosa. Eleanor dejó las llaves en la mesita del vestíbulo y encendió la luz del salón, con su sofá moderno y su mesita de café. Tras el ventanal se veía el río, brillando bajo la luz de las farolas.

De repente, tuvo hambre y decidió echar un vistazo al frigorífico. Solo contenía un yogur y los restos de un pollo agridulce, que no le parecieron precisamente apetecibles.

Cerró el frigorífico, desanimada, y le pareció asombroso que en otro tiempo le hubiera gustado cocinar y que incluso hubiera soñado con abrir un café.

Alcanzó unas galletas y volvió al salón, pero las galletas no sirvieron para saciar su hambre. Pensó que sería mejor que se acostara. Al fin y al cabo, estaba tan cansada que no se tenía en pie.

Se dirigió al dormitorio y se metió en la cama. Pocos minutos después, descubrió que tampoco podría dormir. No hacía otra cosa que pensar una y otra vez en el pasado; se veía a sí misma en su juventud, con el pelo revuelto y llena de alegría; se veía a sí misma con Yannis, coqueteando, besándose.

Cerró los ojos y se dijo que no quería pensar en eso. Se había esforzado mucho por olvidar el pasado y ahora volvía con toda su carga agridulce.

Súbitamente, se sintió más sola que nunca.

Gimió, se tumbó de lado y apretó los párpados con más fuerza, como si así pudiera borrar los recuerdos que la asaltaban.

Casi pudo oír el sonido de aquel aparato en la sala del hospital, cuando el médico que estaba con ella frunció el ceño y permaneció en silencio durante unos segundos, como si no supiera cómo darle la noticia.

El recuerdo era tan doloroso, que se levantó y entró en el cuarto de baño para tomarse un somnífero.

Después, volvió a la cama y, una vez más, cerró los ojos. Por fortuna, el sueño no tardó en aparecer.

A pesar de haber pasado una noche terrible, Eleanor ya estaba en el despacho a las ocho en punto. Lily pasó por delante del despacho y la saludó con más seriedad de la cuenta; obviamente, había acertado al llegar pronto al trabajo.

Dedicó casi una hora a escribir el mensaje de correo electrónico para Yannis. Le costó mucho porque se empeñó en parecer absolutamente profesional e impersonal al mismo tiempo; no quería que Yannis se diera cuenta de lo mucho que su visita la había afectado.

Por fin, terminó el mensaje con una lista de los detalles de la organización de la fiesta y lo envió.

Dos minutos después, sonó el teléfono.

–Esto es completamente inaceptable.

Eleanor miró la pantalla de su ordenador, perpleja, y echó un vistazo al mensaje que acababa de enviar. Era tan largo que le pareció imposible que Yannis lo hubiera leído en tan poco tiempo y ya lo encontrara inaceptable.

–¿Cómo?

–Todo esto es demasiado común, Ellie...

–No me llames así –protestó.

–Si quisiera una fiesta del montón, como tantas, le habría encargado el trabajo a otra empresa. Me dirigí a Premier Planning porque me dijeron que sois los mejores.

Eleanor cerró los ojos un momento y respiró hondo, intentando no perder la paciencia.

–Te aseguro que tu fiesta será cualquier cosa menos del montón.

Yannis soltó una risa de incredulidad.

–Ah, ¿en serio? ¿Con paté de salmón, gardenias, champán y todo lo que se pone en cualquier fiesta?

–Vamos, Yannis...

–No es lo que quiero, Ellie.

–Te he dicho que no me llames así.

–Pues ofréceme algo que me impresione.

Eleanor no quería impresionar al hombre que la había abandonado y la había tratado como si ella no valiera nada. Pero aquello era un trabajo. No podía cometer el error de poner en peligro su carrera profesional.

–Me has dado menos de veinticuatro horas para organizar una fiesta con varias docenas de invitados –le recordó–. Es lógico que todavía no tenga todos los detalles...

–Sí, pero esperaba algo mejor.

–Qué curioso. Yo dije eso mismo hace diez años –replicó.

Eleanor se mordió la lengua demasiado tarde. Lo había dicho sin pensar.

–Y yo –contraatacó él con frialdad–. Reúnete conmigo en mi despacho a las doce en punto. Iremos a almorzar.

Yannis colgó el teléfono y Eleanor soltó una maldición.

Justo entonces, Lily se asomó al despacho y preguntó:

–¿Va todo bien?

–Sí, perfectamente –respondió–. Es que me acabo de cortar con las tijeras.

Cuando cortó la comunicación, Yannis se frotó los nudillos como si acabara de terminar un combate de boxeo. La conversación con Eleanor había aumentado su ira. Le parecía increíble que, después de lo que había hecho diez años antes, ni siquiera tuviera la decencia de admitir su error y disculparse.

Sin embargo, no quería estar enfadado. Ni siquiera esperaba estarlo. Siempre había creído que, si alguna vez volvía a ver a Eleanor Langley, descubriría que su traición ya no significaba nada para él.

Pero se había equivocado.

Suspiró con impaciencia y echó un vistazo a los documentos que abarrotaban la mesa de su despacho. Atrikides Holdings era un desastre y tenía mucho que hacer. No podía perder el tiempo con un amor de juventud.

Intentó convencerse de que lo único que le interesaba de ella era la fiesta del viernes. Se dijo que solo la había llamado por eso, que solo pretendía ponerla en su sitio porque su propuesta le había parecido vulgar. Y pasara lo que pasara, tendría su fiesta.

Tres horas después, Eleanor estaba frente al rascacielos que albergaba la sede de Atrikides Holdings. Tomó aire, lo soltó lentamente y entró en el vestíbulo.

Tras pasar por el control de seguridad, entró en el ascensor y subió hasta la última planta. Salió a una sala increíblemente elegante y con vistas a Central Park. Mientras ella disfrutaba de la visión, la secretaria que estaba en recepción pulsó un botón y llamó a su jefe.

–Señor Zervas, Eleanor Langley acaba de llegar.

–Dígale que pase.

La secretaria le hizo un gesto y dijo:

–Puede pasar cuando quiera. Su despacho está al final.

Eleanor cruzó la sala y llamó a la puerta, intentando aparentar tranquilidad. No iba a permitir que Yannis la acobardara.

El despacho resultó ser un lugar tan bonito como el resto de la oficina, pero le bastó una mirada para saber que Yannis llevaba poco tiempo en él. Los retratos de los Atrikides todavía adornaban las paredes. Por lo visto, se había limitado a ocupar el sillón del director anterior sin hacer ningún cambio.

Yannis estaba al otro lado de la mesa, de espaldas a ella. Era imposible que no hubiera oído la puerta, pero se comportó como si no fuera consciente de la presencia de Eleanor.

Molesta, carraspeó.

Él se giró y la miró. Eleanor se quedó sin habla; durante un momento, recordó el placer de tenerlo entre sus brazos mientras el sol los iluminaba y él la cubría de besos.

Pero tardó poco en reaccionar.

–Veo que has ocupado el despacho del antiguo director general.

Yannis hizo un gesto de desdén.

–Es una solución temporal. Me pareció conveniente.

–Y supongo que lo despedirías como a la mayoría de sus empleados, ¿verdad?

–¿La mayoría? No exageres –dijo, entrecerrando los ojos.

Eleanor se preguntó por qué había empezado la conversación de ese modo. Era como si, inconscientemente, quisiera molestar a Yannis y discutir con él.

Sin embargo, no estaba allí por motivos personales. Tenía un trabajo y debía comportarse con profesionalidad.

–¿Quieres que hablemos de mi propuesta?

–No estoy seguro de que merezca la pena.

Eleanor se mordió el labio inferior un momento.

–Muy bien. Si lo deseas, olvidaremos la propuesta que te hice esta mañana y me pondré a trabajar en otra. Pero... ¿podrías hacerme el favor de ser más educado?

Para sorpresa de ella, Yannis asintió.

–Está bien –dijo–. Y ahora, vamos a comer algo.

Yannis la llevó a una salita con una mesa preparada para dos. Después, le apartó una silla para que se sentara y ella le dio las gracias con cierto nerviosismo. No sabía si podría mantener la calma en una situación tan íntima; estaba segura de que perdería los estribos en cuanto él le dedicara una de sus sonrisas irónicas o de sus miradas de frialdad.

Yannis se acomodó en la silla opuesta y ella aprovechó la ocasión para mirarlo con más detenimiento. Llevaba el pelo más corto que antes, tenía canas y su piel era la de un hombre adulto; pero seguía tan carismático como siempre, como si una especie de campo magnético lo rodeara. Aún lo encontraba atractivo. Aún lo deseaba. Y se odió por ello.

–¿Te apetece un poco de vino?

–No suelo beber en...

–Entonces solo te serviré media copa –la interrumpió.

Yannis alcanzó la botella y le llenó la copa por la mitad. Eleanor miró la ensalada que les habían preparado y se llevó un poco de lechuga a la boca, aunque no tenía apetito.

–¿Por qué no me dices qué tipo de fiesta quieres? –preguntó, intentando ser razonable–. Si tuviera más información, estoy segura de que se me ocurriría alguna idea.

–Pensaba que tu trabajo consistía precisamente en eso. Además, ya te he dado una lista con todo lo que necesito.

–Sí, pero también me has dado menos de veinticuatro horas para presentarte un plan y apenas una semana para organizar la fiesta. No son las mejores condiciones.

Yannis sonrió.

–Tu jefa me aseguró que estaríais a la altura.

Eleanor apartó la mirada un momento y contó hasta diez.

–Y yo te aseguro que lo estaremos. Pero mi propuesta inicial te ha parecido insatisfactoria y necesito más información sobre lo que quieres.

Yannis soltó un suspiro de impaciencia.

–Quiero que sea un acto único y elegante. Que demuestre a los empleados de la empresa que la nueva dirección se preocupa por ellos.

–Excepto por los que has despedido, querrás decir –afirmó.

Él arqueó una ceja.

–¿Estás cuestionando mi forma de trabajar?

–No, solo planteo una objeción. Por muchas fiestas que organices, tus empleados no van a creer que te importan cuando les acabas de demostrar lo contrario.

Yannis se puso pálido.

Eleanor comprendió que había cometido un grave error e intentó salir del lío en el que se había metido ella sola.

–Bueno, olvidemos eso. Solo quiero que me des más detalles, Yannis.

Él apretó los labios y entrecerró los ojos.

–Creo haber mencionado que algunos de los empleados tienen niños. Quiero que sea familiar –se limitó a decir.

Eleanor apretó la copa de vino. La mención de los niños le recordó el pasado y le resultó enormemente dolorosa.

–Familiar –repitió ella, intentando concentrarse en la fiesta.

–En efecto. Te lo dije ayer. ¿Es que no lo apuntaste?

Eleanor dejó la copa a un lado.

–Claro que lo apunté, pero me resulta difícil de creer que un hombre como tú se preocupe por que sus empleados tengan niños. No encaja con tu imagen.

Él la miró con dureza.

–¿Con mi imagen? ¿De qué estás hablando, Eleanor?

–De ti, Yannis, de qué si no –respondió ella, irritada–. A ti no te importa nada la familia. O por lo menos, no te importaba cuando te conocí.

Yannis se levantó de forma tan brusca, que derramó el vino en el mantel.

–¿Que no me importaba nada? –rugió, enfadado–. Dime, Ellie, ¿de dónde has sacado esa ridícula idea?

Eleanor no podía creerlo. Interpretó su vehemencia por desfachatez.

–Del día en que te marchaste de tu piso y saliste del maldito país. Del día en que te dije que me había quedado embarazada.

Yannis se rio con sarcasmo.

–Ah, ya entiendo... Tienes unas ideas muy interesantes, Ellie. Ahora resulta que los niños no me gustan porque no quise hacerme cargo del bastardo de otro.

Eleanor se quedó boquiabierta.

–¿Qué has dicho?

–Lo que has oído. Sabía que ese bebé no era mío.

Capítulo 3

SE HIZO un silencio tan cerrado que solo se oían sus respiraciones. En el exterior, el cielo gris anunciaba tormenta.

Eleanor se repitió mentalmente lo que Yannis acababa de decir. Que no era hijo suyo, que era el bastardo de otro.

Cerró los ojos, herida.

–¿Ya no tienes nada que decir? –preguntó él.

Ella sacudió la cabeza. Jamás habría imaginado que Yannis había roto su relación porque creía que el hijo que estaba esperando era de otro. Ni siquiera alcanzaba a imaginar por qué. No creía haberle dado motivos para dudar.

Pero en ese momento no se sintió con fuerzas para dar o pedir explicaciones.

–No, nada en absoluto –dijo al fin.

Alcanzó el maletín que había llevado consigo y añadió:

–Me voy. Le pediré a Lily que asigne tu fiesta a otra persona.

–¿A qué viene eso?

–¿Y todavía lo preguntas? –dijo ella, sacudiendo la cabeza–. Es evidente que no podemos superar lo que pasó y que tampoco podemos trabajar juntos. Seguir así, sería absurdo. Es mejor que se lo encarguen a otra persona.

–¿Esperabas que te hubiera perdonado y que lo hubiera olvidado todo? –ironizó él.

Eleanor soltó una risa seca, sin humor.

–No, ni mucho menos. Esperaba que yo te hubiera perdonado a ti –puntualizó–. Pero carece de importancia... adiós, Yannis.

Eleanor se alejó y logró salir con la cabeza bien alta.

Yannis seguía en el mismo sitio, de pie, atónito, cuando Eleanor ya estaba bajando en el ascensor. Sus últimas palabras lo habían desconcertado; nunca habría imaginado que ella tuviera nada que perdonarle.

Sabía que había sido brusco, que la había expulsado de su vida y que se había marchado de Boston de repente, pero solo lo había hecho porque no podía soportar el dolor que Eleanor le había causado. No podía soportar la idea de que se estuviera acostando con otro hombre y de que la hubiera dejado embarazada. No soportaba haber vivido una mentira.

Y no obstante, Eleanor creía que era ella quien debía perdonarlo.

Yannis no entendía nada.

Impaciente, se acercó al ventanal y echó un vistazo al exterior. Había empezado a nevar.

Diez años antes, había sabido que Eleanor mentía por una razón bien sencilla: porque él no podía tener hijos. De hecho, su esterilidad le resultaba tan terriblemente dolorosa, que hasta se convirtió en parte de su forma de ser. Nunca podría ser padre. Y se sentía inútil por ello.

Pero Eleanor acababa de sembrar una duda en la mente de Yannis.

Necesitaba saber qué tenía que olvidar y que perdonar; necesitaba saber de qué estaba hablando.

Una parte de él deseaba olvidarlo todo y seguir con su vida; encargaría la fiesta a otra persona y se olvidaría de ella. Sin embargo, Yannis se conocía bien y era consciente de que no podría aunque quisiera.

No podía quedarse con la duda.

Necesitaba saberlo.

Eleanor caminó hasta la sede de Premier Planning, totalmente ajena al viento helado que le azotaba la cara y le entumecía las mejillas. En realidad, no se daba cuenta de nada; ni siquiera prestaba atención a los peatones que iban móvil en mano y la obligaban de cuando en cuando a cambiar de dirección para no chocar con ellos.

Cuando llegó a su destino y miró el edificio, supo que no podía volver al despacho. Lily la estaría esperando para que le informara de su reunión con Yannis; e incluso cabía la posibilidad de que Yannis ya la hubiera llamado por teléfono.

En cualquier caso, su empleo estaría en peligro. Pero no tenía fuerzas para afrontar el problema en ese momento, de modo que tiró diez años de profesionalidad por la borda, dio media vuelta y se marchó a casa.

Una vez allí, dejó el bolso en el suelo, se quitó los zapatos, se sentó y se quedó con la mirada perdida en el vacío.

Estuvo así un buen rato, hasta que su estómago empezó a hacer sonidos; a fin de cuentas, no había tomado casi nada desde el desayuno. Pero tampoco tenía apetito. No sentía nada; nada de nada. No se había encontrado tan mal desde que Yannis la abandonó.

Por fin, se levantó y fue al cuarto de baño. Abrió el grifo de la bañera y se empezó a desnudar, dejando la ropa en el suelo.

Al cabo de veinte minutos, su corazón y su mente volvieron a funcionar. Yannis pensaba que se había quedado embarazada de otro hombre. Ahora entendía su enfado, aunque seguía sin saber de dónde había sacado esa idea.

Pero no dudó de su sinceridad. Por su expresión y por su forma de decirlo, era obvio que estaba realmente convencido; la había abandonado y había dejado el país porque creía que le había sido infiel.

Aquello no tenía ni pies ni cabeza; ni siquiera habría sido posible en un sentido puramente logístico, porque durante su relación, ella estaba casi todo el tiempo con él. Y sin embargo, Yannis lo creía.

El agua de la bañera se había enfriado, de modo que se levantó y se secó. Estaba harta de dar vueltas al asunto; cansada de dejarse dominar por las recriminaciones y por el arrepentimiento. Si Yannis Zervas creía que lo había traicionado con otro hombre, era que no la conocía bien. Y en tal caso, su amor también había sido una mentira.

Ya se había puesto uno de sus pijamas cuando llamaron a la puerta.

A Eleanor le sorprendió. Vivía en el piso decimotercero de un edificio con dos guardas en la entrada principal, que siempre la avisaban cuando tenía visita. Pero esa vez no habían avisado.

Supuso que sería un vecino y se acercó a la puerta con curiosidad. Cuando se inclinó sobre la mirilla y echó un vistazo, se llevó otra sorpresa. Era Yannis.

–¿Eleanor?

Su voz sonaba impaciente. Eleanor suspiró y abrió.

–¿Qué estás haciendo aquí, Yannis?

–Necesito hablar contigo.

Ella se cruzó de brazos y permaneció inmóvil.

–No tengo nada que decir.

Él arqueó una ceja.

–Puede que tú no; pero yo, sí. ¿Vas a dejarme entrar?

–¿Cómo has conseguido mi dirección?

–Tu jefa me la ha dado.

Eleanor volvió a suspirar.

–¿Y cómo has entrado en el edificio sin que los guardias me avisen?

–Eso ha sido muy fácil. Me he ganado su amistad.

Ella lo miró con asombro.

–¿Tú?

–Sí, resulta que uno de ellos es de origen griego, como yo. Incluso me ha enseñado las fotografías de sus nietos.

Eleanor sacudió la cabeza. Le parecía increíble que se hubiera hecho amigo de uno de los guardias.

–Está bien. Entra.

Yannis entró y cerró la puerta. Ella se acercó a la ventana e intentó adoptar una actitud tranquila. Se sentía vulnerable, terriblemente expuesta; como si la frialdad del mobiliario del piso pudiera darle una pista de que su vida era un desastre.

Pero no lo era. Tenía un trabajo, amigos, una vida.

Solo le faltaba una cosa.

Le faltaba el amor.

–¿Qué quieres de mí, Yannis?

Él se quedó en mitad del salón, dominando el lugar.

–¿Vives sola?

Ella se encogió de hombros.

–Sí.

Yannis sacudió la cabeza.

–¿Y la niña?

Eleanor no quería hablar de eso. No quería que preguntara y no quería darle explicaciones.

–¿Qué pasa con ella?

–¿No vive contigo?

–No.

–¿Es que el padre se quedó con la custodia?

Ella se rio. Estaba verdaderamente cansada de aquel asunto.

–¿De qué querías que habláramos, Yannis?

–Cuando estábamos en mi despacho, has dicho que eras tú quien no me había perdonado a mí. Quiero saber por qué has dicho eso.

–¿Quieres saberlo? ¿En serio? Lo he dicho porque me abandonaste cuando yo estaba embarazada. ¿Te parece anormal que me enfadara? ¿Te parece extraño que no sea capaz de perdonarte?

Yannis movió la cabeza en un gesto negativo.

–Ellie, sabes perfectamente que esa niña era de otro.

–¿Que lo sé? –preguntó, furiosa–. ¿Que yo lo sé? Yo te diré lo que sé, Yannis... El único bastardo que se ha cruzado en mi vida eres tú. Y de la peor clase, por cierto.

Yannis dio un paso hacia ella, con expresión amenazadora.

–¿Insinúas que era mía? ¿Eso es lo que insinúas, Ellie?

–Exactamente eso, Yannis. Y el simple hecho de que pensaras que yo te había traicionado...

–No, basta ya –la interrumpió–. Basta de mentiras.

Durante un segundo, la ira de Eleanor se transformó en curiosidad. Nunca había visto a Yannis tan desesperado ni tan fuera de sí.

–No estoy mintiendo. ¿Por qué creíste que mentí?

Yannis tardó un poco en responder. Y cuando lo hizo, su voz sonó débil y baja.

–Porque yo no puedo tener hijos. Lo sé desde que tenía quince años –respondió–. Soy estéril, Ellie.

Eleanor se quedó helada. Recordó su expresión de desconcierto primero y de vacío después cuando le dijo que se había quedado embarazada. Aquel día, pensó que la noticia le había sorprendido; pero no imaginaba hasta qué punto.

–No es posible. Estarás equivocado...

–No lo estoy.

Ella sacudió la cabeza, incrédula.

–Pues yo tampoco lo estoy. Era virgen cuando te conocí, Yannis, y no me había acostado con ningún otro hombre. Tú eras el único candidato.

Él sonrió con frialdad.

–Los hechos no encajan, Ellie. Es obvio que uno de los dos miente.

–No me vuelvas a llamar mentirosa –protestó, ofendida–. Además, ¿por qué estás tan seguro de que miento? Podrías estar equivocado. ¿Ni siquiera se te ha pasado por la cabeza? ¿No has considerado la posibilidad?

–Por supuesto que no –bramó.

–Pero, Yannis...

–Créeme –la interrumpió–; estoy totalmente seguro. Y si yo no puedo tener hijos, es obvio que estuviste con otro hombre.

Eleanor ladeó la cabeza y lo miró con una mezcla de enfado e interés.

–Sí, claro, supongo que es la explicación más fácil para ti –dijo.

–¿Qué insinúas?

Ella se encogió de hombros.

–Que prefieres pensar que te fui infiel antes que admitir que podrías estar equivocado.

–¡No estoy equivocado! Soy estéril. No puedo tener hijos.

Eleanor parpadeó.

–Dime una cosa... ¿cómo supiste lo de tu esterilidad a una edad tan temprana? La mayoría de los hombres no lo saben hasta que quieren tener hijos y descubren su problema.

–Tuve paperas –explicó–. Y me quedé estéril.

–¿Te hicieron las pruebas necesarias... ?

–Sí.

Eleanor volvió a sacudir la cabeza, sin salir de su asombro.

–Pero... ¿por qué? ¿Por qué te hicieron pruebas de ese tipo a los quince años?

Yannis se apartó de ella y se metió las manos en los bolsillos.

–Porque mi padre quería salir de dudas. Tengo hermanas, pero yo soy su único hijo varón. Si no puedo tener descendencia, nuestro apellido se perderá.

Ella asintió.

–Comprendo... pero de todas formas, deberías hacerte los análisis otra vez. Te aseguro que la niña era tuya. ¿Por qué te iba a mentir? ¿Qué sentido tenía?

Yannis permaneció en silencio durante un par de segundos.

–No lo sé. Sinceramente, no lo sé –respondió.

Eleanor se preguntó si era posible que un diagnóstico médico equivocado les hubiera destrozado la vida; le pareció trágico y esperanzador a la vez.

Sin embargo, se dijo que a esas alturas carecía de importancia. Había perdido mucho y no lo podía olvidar.

Yannis sentía una rabia inmensa. Sus dudas desaparecieron cuando miró a los ojos a Eleanor y supo que era sincera. El hijo que esperaba diez años atrás, era suyo.

Él no era estéril.

Pero no sintió ninguna alegría. Solo podía pensar en todas las cosas que podrían haber sido diferentes si lo hubiera sabido.

Sintió la necesidad de golpear algo. Era muy injusto.

Además, sabía que Eleanor no lo entendería nunca. A fin de cuentas, le había retirado su confianza y la había abandonado porque estaba seguro de su esterilidad y, en consecuencia, de que ella le había mentido.

No podía ser.

Pero era.

Y el hecho tenía tantas repercusiones que su mente se llenó de temores, esperanzas y posibilidades que no se sentía con fuerzas de afrontar en ese momento.

La niña era suya.

Suya.

Él era padre.

Yannis se giró de forma tan brusca y repentina, que Eleanor se asustó y retrocedió hacia la ventana del salón.

Sin embargo, él cruzó a grandes zancadas y la agarró de los hombros.

–¿Dónde está? Si es mi hija...

Eleanor cerró los ojos. Había llegado el momento que tanto temía.

–Era tu hija –susurró.

–¿Qué has dicho?

–Que era tu hija –repitió ella.

–¿Es que abortaste? –preguntó.

–No, no se trata de eso.

–Entonces, ¿de qué?

–Surgieron complicaciones y perdí el bebé.

Yannis permaneció en silencio durante un buen rato. Ella se acercó a la ventana y contempló la calle con la mirada perdida.

–Lo siento –dijo él entonces.

Eleanor se encogió de hombros.

–Lo siento –repitió.

Ella tuvo que hacer un esfuerzo por contener las lágrimas.

–En cualquier caso, me haré esas pruebas para asegurarme de que...

–¿De que era tuya? ¿Es que aún desconfías de mí? –preguntó Eleanor, sacudiendo la cabeza con incredulidad.

–Tú no lo entiendes...

–No, claro que no. No puedo entender que me creyeras infiel; y aunque lo entendiera, no tenías derecho a dejarme así, sin decir una sola palabra.

–Eleanor, yo...

–Ya no importa. El tiempo de las explicaciones ha pasado. Fue hace diez años, Yannis... diez largos años. Creo que es hora de que sigamos con nuestras vidas.

–Si yo hubiera sabido que tú...

Eleanor volvió a sacudir la cabeza.

–No sigas por ese camino, Yannis. No confiaste en mí lo suficiente como para decirme lo que me estás diciendo ahora; ni siquiera me concediste la oportunidad de explicarme –le recordó.

Yannis frunció el ceño y ella supo que se disponía a contraatacar, pero no se sentía con fuerzas para seguir con la discusión.

–Hazte esas pruebas si te parece oportuno –continuó–, pero no necesito que me des los resultados. Ya los conozco. Sé quién era el padre de mi hija.

Yannis se sintió profundamente avergonzado. En ese momento, se dio cuenta de que la mujer fría y profesional que lo desafiaba con la mirada a demostrarle compasión, era producto de los actos de él, de su propio fracaso.

Si se hubiera quedado con ella, las cosas habrían sido diferentes.

Pero Ellie tenía razón al afirmar que su sinceridad llegaba diez años tarde. Los dos habían cambiado. Él ya no era el jovencito inocente que estaba encantado de haberse enamorado porque la experiencia resultaba más embriagadora y vital que ninguna de las que había tenido hasta entonces.

No, ya no era el mismo hombre. Se había endurecido, como Ellie.

El tiempo los había convertido en dos desconocidos cuyo único punto en común era un profundo sentimiento de pérdida.

Intentó encontrar las palabras adecuadas para expresar lo que sentía, pero no pudo. En unos minutos había dejado de ser un hombre atenazado por la ira para convertirse en padre; pero solo para descubrir, segundos después, que su hija había fallecido antes del parto.

Estaba muy confundido. Incluso tenía miedo de que el dolor, la esperanza y la culpabilidad destrozaran sus defensas y lo consumieran.

Necesitaba encontrar la forma de recuperar el control de la situación. Y solo se le ocurrió una.

–Bueno... Hablemos de la fiesta.

Capítulo 4

QUÉ HAS dicho? –preguntó ella, anonadada–. No, no es posible... ¿Quieres que hablemos de la fiesta después de lo que ha pasado?

Yannis arqueó una ceja.

–¿Por qué no? Antes no parecías tener ningún problema al respecto.

–No puedes hablar en serio.

–Somos profesionales, Eleanor...

–Sí, por supuesto que somos profesionales. Precisamente por eso, creo que sería más razonable y más adecuado que delegara el encargo en un colega.

–Pero yo no quiero que delegues.

Eleanor sacudió la cabeza.

–Mira, Yannis, como te dije en tu despacho...

–Olvida lo que dijiste –la interrumpió–. Afortunadamente, no informé a tu jefa de lo sucedido; supuse que no le habría gustado mucho y, por otra parte, tenía la sensación de que cambiarías de idea.

Eleanor no dijo nada. Conociendo a Lily, sabía que la habría despedido si Yannis hubiera hablado con ella.

–No entiendo por qué te empeñas en trabajar conmigo. Ni tú ni yo tenemos nada que ganar con ello –dijo.

Yannis se encogió de hombros.

–Eres la mejor en tu profesión. Según me han dicho, claro.

–Pero si ni siquiera te gustan mis ideas...

–No es eso. Es que creo que lo puedes hacer mejor.

Eleanor lo miró a los ojos y se preguntó qué pretendía con la insistencia de que organizara la fiesta de su empresa. Después de lo que se habían dicho, lo encontraba totalmente fuera de lugar. Sin embargo, era posible que para él no tuviera tanta importancia.

–Está bien, Yannis, como quieras. Organizaré tu fiesta. ¿Satisfecho?

–Casi.

–Yannis, se está haciendo tarde y me gustaría acostarme. Estoy muy cansada.

Él sonrió con tristeza.

–Yo también.

Durante un momento, Eleanor tuvo la inquietante sensación de que el ambiente se cargaba de electricidad, como si su vieja pasión renaciera. Pero no podía ser. Después de lo que había pasado, no podía haber nada entre ellos.

–Buenas noches –se despidió.

Yannis dio un paso hacia Ellie, que contuvo el aliento.

No habló, no se movió, no protestó. Ni siquiera cuando se encontró a pocos milímetros de su cara.

Entonces, él alzó la mano como si tuviera intención de acariciarla y ella deseó sentir su contacto. Pero no llegó. La apartó de repente, arrepentido.

–Buenas noches, Ellie.

Yannis abrió la puerta y se marchó.

Ella cayó en la cuenta de que había estado conteniendo la respiración y soltó un suspiro largo y estremecido.

Debía encontrar la forma de trabajar con él. No tenía más remedio.

Cuando salió del piso de Eleanor, Yannis estaba desesperado y furioso a la vez. Se odiaba a sí mismo y odiaba la vida por lo que le había hecho.

Tanto tiempo perdido. Tantos errores.

Se sentía tan culpable, que no se atrevió a pensar en el sufrimiento de la pobre Eleanor.

Si él lo hubiera sabido, si hubiera esperado, si se hubiera explicado, si le hubiera preguntado. Demasiados condicionales.

Demasiados y demasiado tarde.

Ya solo quedaba espacio para el arrepentimiento. Y tal vez, solo tal vez, para la esperanza.

Sacudió la cabeza y pensó que la esperanza había dejado de ser un concepto familiar para él. Llevaba años negándose el amor. Además, se había acostumbrado y no estaba seguro de poder cambiar.

Durante mucho tiempo, el trabajo había sido su único consuelo; de hecho, había viajado a Nueva York para hacerle un favor a Leandro Atrikides y a su propio padre. Sería mejor que solucionara los problemas de la empresa familiar, volviera a Grecia y olvidara a Eleanor Langley para siempre.

Pero sabía que no la olvidaría. Ellie se empeñaba en permanecer en el fondo de su inconsciente, en los recuerdos que regresaban a su pensamiento por mucho que quisiera borrarlos.

Se acordó del aroma floral de su juventud, aunque

estaba seguro de que ya no usaba ese perfume. Tampoco llevaba el cabello suelto como antes, pero aún podía sentir la caricia de aquellos rizos cuando la tomaba entre sus brazos.

La Eleanor Langley del presente se parecía muy poco a la jovencita de quien se había enamorado.

Se preguntó si sus cambios habrían sido conscientes; si se había transformado a sí misma para dar una imagen profesional en el trabajo o si habría sido un proceso lento, gradual, la consecuencia de diez años de vida en una ciudad dura y difícil.

Pero sobre todo, se preguntó si su corazón habría cambiado tanto como su aspecto.

Diez años antes, la había juzgado y la había condenado por lo que él creía una traición. Sin embargo, había cometido un error con ella y ya no estaba seguro de nada.

No sabía lo que el futuro les iba a deparar. No se atrevía a pensar ni a preguntarse en exceso ni a especular.

Pero había recobrado la esperanza.

Eleanor se despertó de un sueño profundo. Parpadeó, abrió los ojos y miró su habitación, bañada por una luz extrañamente tenue y blanquecina.

Cuando se sentó en la cama, supo por qué. Estaba nevando.

Se levantó, corrió a la ventana y apretó las manos contra el cristal helado. En el exterior, los rascacielos se difuminaban tras la cortina de nieve.

Sonrió y se sintió tan contenta como en su infancia. Cuando era niña, siempre llegaba una nevada tan intensa que las carreteras quedaban cortadas, los teléfonos dejaban de funcionar y su madre no tenía más remedio que quedarse en casa con ella.

Los días de nieve eran días de felicidad; su madre la llevaba a Central Park y se dedicaban a deslizarse en trineo por Cedar Hill. Eleanor no había olvidado aquellos momentos de diversión y de cariño.

Pero la nieve también era un principio, una nueva esperanza; el manto blanco que cubría el asfalto y la suciedad de Nueva York, también parecía cubrir los malos recuerdos y el dolor. Era como si el mundo empezara otra vez.

Justo entonces, Eleanor tuvo una revelación y supo lo que Yannis quería para su fiesta.

Se apartó de la ventana y en pocos minutos ya estaba sumida en el trabajo. Hizo las llamadas telefónicas necesarias, comprobó los detalles y organizó la fiesta más sorprendente que Yannis Zervas pudiera imaginar. La mejor fiesta de su carrera.

Además, el trabajo impidió que su mente la torturara otra vez con los errores y las malas interpretaciones del pasado, con lo que podría haber sido y no fue.

Todas las noches, cuando se acostaba, pensaba en el Yannis de diez años antes y en el hombre en el que se había convertido, más decidido y más duro. Entonces, recordaba la descarga eléctrica que sintió cuando creyó que la iba a acariciar y el recuerdo bastaba para sumirla en el más dulce de los sueños.

Eleanor dedicó el día anterior a la fiesta a pulir los últimos detalles. Casi todo lo relativo a la organización de ese tipo de actos se hacía por teléfono, dando órdenes o engatusando a la gente, según conviniera. Pero ahora quedaba lo divertido: la magia.

–No celebramos muchas fiestas en esta época del año –comentó Laura, la encargada del embarcadero de Central Park–. En primavera y verano son constantes, pero en diciembre...

–Lo sé. Es que mi cliente busca algo poco habitual.

Eleanor había elegido el edificio del embarcadero por ese mismo motivo. Además, era perfecto para el tipo de fiesta que planeaba.

–¿No hará demasiado frío? –preguntó Laura, dubitativa.

–No, ya nos hemos encargado de eso. Instalaremos calefactores eléctricos en la terraza que da al lago –explicó.

–Bueno, en ese caso...

Laura volvió a su despacho y ella se quedó allí, preguntándose si la fiesta sería tan impresionante y original como Yannis esperaba. Obviamente, quería que sus clientes estuvieran contentos; pero la opinión de Yannis le importaba más de la cuenta.

Sacudió la cabeza y pasó por las puertas de cristal que daban a la terraza. De todas formas, ya era demasiado tarde para echarse atrás. Todo estaba preparado y los empleados de la empresa de Yannis ya habían recibido las invitaciones.

Caminó hasta la barandilla y se apoyó en ella. El sol ya se había ocultado tras los árboles del parque; el lago estaba completamente helado y no había ni una sola persona en las inmediaciones. En esos días, siempre le parecía increíble que en mitad de una ciudad de ocho millones de personas no se oyera nada salvo los crujidos ocasionales del hielo.

Se dijo que todo iba a salir bien. Pero ni ella supo a qué se refería.

Tal vez, a la fiesta; o tal vez, a su relación con Yannis Zervas.

–Me han dicho que estarías aquí...

Eleanor se puso tensa al oír la voz de Yannis.

Se giró lentamente y lo miró. Llevaba un abrigo y un maletín en la mano.

–¿En la terraza? –preguntó ella.

–No, me han dicho que estabas dentro, en el restaurante; pero las puertas de cristal estaban abiertas y supuse que habrías salido a tomar el fresco.

–Y tan fresco. Esto parece el Polo Norte –bromeó.

Yannis dejó el maletín en el suelo y se acercó a la barandilla.

–¿Cómo va todo?

–Bien, bien –respondió ella–. Pero... ¿por qué no te has puesto en contacto conmigo? Esperaba que me llamaras por teléfono o que me enviaras un mensaje de correo electrónico para decirme si la nueva propuesta estaba a la altura de tus expectativas.

–Lo está.

Yannis se apoyó en la barandilla. Eleanor lo miró y preguntó:

–¿Por qué te negaste a que dejara la fiesta en manos de otra persona?

–No lo sé –respondió él, mirando el lago–. Supongo que no quería alejarme de ti... de esa manera.

–Pero habría sido más fácil para los dos.

Yannis la miró y Eleanor supo que iba a cambiar

de conversación. Obviamente, no quería hablar de la relación que mantenían.

–Has hecho un gran trabajo –dijo.

–Sí, bueno... creo que será mejor que vuelva dentro. Aquí hace demasiado frío y, además, tengo que comprobar los últimos detalles.

–Como quieras.

Yannis la acompañó al interior y ella comprobó su lista.

–Todavía queda mucho que hacer –le informó–. Tendré que volver mañana por la mañana, a primera hora, para asegurarme de que todo lo de afuera está en su sitio.

–¿Lo de afuera? –preguntó él–. ¿Qué hay afuera?

–Nieve.

Yannis la miró con asombro.

–¿Nieve? ¿Qué tiene que ver la nieve con la fiesta?

–Todo –contestó.

Eleanor apartó la mirada. Había notado la tensión sexual que había entre ellos y no estaba preparada para afrontarla. Llevaba diez años odiando a Yannis. Y de repente, no deseaba otra cosa que tocarlo.

Yannis notó su incomodidad y preguntó:

–¿Eleanor? ¿Te encuentras bien?

–Sí, no te preocupes –declaró, forzando una sonrisa.

–Aún no has contestado a lo de la nieve...

–Ah, eso... Cuando cayó la nevada del otro día, pensé que a los niños de tus empleados les encantaría. El invierno no tiene por qué ser una época fría y gris.

–Explícate.

–Como querías una fiesta familiar, se me ocurrió

que deslizarnos en trineo y hacer muñecos de nieve sería divertido. Algunos de los mejores recuerdos de mi infancia están relacionados con la nieve.

–¿En serio? No lo sabía.

–Es lógico. Cuando nevaba, no iba al colegio.

–¿No te gustaba ir al colegio?

Ella se encogió de hombros.

–No es eso; es que a los niños les encanta jugar con la nieve.

–¿Y hacías muñecos y te deslizabas en trineo? –preguntó Yannis, arqueando una ceja–. Por lo que me has contado de tu madre, me extraña que te lo permitiera.

Eleanor se llevó una buena sorpresa. No esperaba que Yannis se acordara de las cosas que le había contado de su madre.

–Hay muchas cosas de mí que no sabes, Yannis.

–En otra época, pensé que lo sabía todo.

–Bueno, admito que yo te contaba muchas cosas; casi todo lo que me venía a la cabeza... pero me callaba otras.

–¿Como cuáles? –la desafió.

Eleanor se puso muy recta.

–Como que nunca miento.

Yannis se quedó en silencio durante unos segundos. Cuando volvió a hablar, su voz sonaba distante.

–Has cambiado, Eleanor.

–No es la primera vez que lo dices.

–Te has convertido en la clase de persona que no querías ser.

Eleanor se quedó helada.

–Esa es una afirmación increíblemente arrogante, Yannis. E increíblemente grosera.

–Tal vez, pero siempre dijiste que no querías ser como tu madre.

–¿Cómo te atreves a hablar de ella? Ni siquiera la conociste...

–No, no la conocí. Solo sabía lo que tú me contabas –le recordó–. Me dijiste que era la mejor profesional de su campo y que no faltaba al trabajo ni un solo día; ni siquiera para llevarte a jugar al parque.

–Yannis...

Yannis siguió hablando, impertérrito.

–Decías que era una mujer consumida por su trabajo, una mujer solitaria y triste, una mujer que se parece mucho a la que estoy mirando ahora.

Eleanor palideció.

–¿Qué sabes tú de mí? –replicó, intentando contener las lágrimas–. No sabes nada.

Yannis dio un paso hacia ella y la miró con compasión.

–¿En serio? ¿Por qué has cambiado tanto, Ellie?

–¿Quieres saber por qué? ¿De verdad quieres saberlo? –dijo, dominada por la ira.

Yannis supo que había cometido un error; pero ya era tarde.

–Cambié por ti, Yannis. Por tu culpa.

–Ellie...

–No me llames así; dejé de ser Ellie cuando fui a tu apartamento y descubrí que te habías marchado sin decirme nada. No quiero que me vuelvas a llamar así. La Ellie que tú conocías, dejó de existir. Murió hace diez años.

Yannis se quedó inmóvil, sin habla.

Eleanor dio media vuelta y se marchó.

Capítulo 5

ELEANOR echó un vistazo a la sala y pensó que todo estaba preparado; o por lo menos, tan preparado como podía estar. Además, ya no quedaba tiempo para nada; los primeros invitados empezarían a llegar en diez minutos.

Había pasado todo el día en el embarcadero, asegurándose de que el sistema de sonido funcionaba, de que los músicos tenían lo que necesitaban y de que todo estaba en su sitio. Incluso pasó varias veces por la cocina para comprobar que la comida estaría a tiempo. Al final, se dirigió al cuarto de baño, se refrescó un poco y se cambió de ropa.

Había elegido un vestido plateado, que despedía destellos cuando se movía, porque le pareció adecuado para el tipo de fiesta. Lograba que se sintiera como un copo de nieve. Y necesitaba sentirse bien. Su última conversación con Yannis la había dejado en un estado de tensión y de anticipación que la estaba volviendo loca.

Ajustó la colocación de unas cuantas servilletas y movió ligeramente unos cuantos centros de mesa, cuyas flores le recordaron los ojos de Yannis.

Salió a la terraza y contempló los montones de nieve, que habían acumulado allí para que los niños los pudieran convertir en muñecos y en iglús. Junto a uno de los calefactores eléctricos, habían instalado un buffet con cuatro tipos distintos de chocolate caliente y una extensa gama de bollería.

Todo era de lo más familiar.

Normalmente, le disgustaban las fiestas con niños; pero aquel acto era una excepción. Se estaba divirtiendo mucho, aunque también le entristecía; hacía tiempo que había renunciado a la posibilidad de tener hijos, pero la reaparición de Yannis había cambiado las cosas.

En ese momento oyó un ruido y se sintió tan aliviada como nerviosa al ver a los primeros invitados.

La fiesta acababa de empezar.

Yannis se encontraba en el umbral del salón, contemplando el lugar con asombro. Eleanor lo había decorado con tonos blancos y luces tenues que le daban un aspecto cristalino y níveo. Además, los niños estaban encantados con los montones de nieve y con el chocolate caliente y los bollos.

Era perfecto.

Lamentó haberse perdido el principio de la fiesta, pero había llegado tarde por el bien de Eleanor y de Leandro Atrikides. Sabía que los empleados de la empresa desconfiaban de él; no imaginaban que los sabía salvado del desastre causado por la gestión de Talos, el hijo de Leandro, un canalla que había hundido la empresa y que se había llevado todo el dinero que había podido.

Yannis suspiró. Más de una vez se había arrepentido de haber ayudado a Leandro. Pero ahora se alegraba; porque si no lo hubiera hecho, no habría ido a Nueva York y no se habría reencontrado con Ellie.

La buscó entre la multitud con la mirada y recordó sus palabras de la noche anterior. Ya no era la de antes. Había cambiado por su culpa.

Lamentó haber sido tan duro con ella, pero ya no tenía remedio. Se apartó del umbral, avanzó entre la gente e intentó localizarla.

Eleanor estaba junto a una de las ventanas, observando la fiesta con el ceño fruncido y aire de preocupación. A Yannis le pareció encantadora. Llevaba un vestido plateado que brillaba cada vez que se movía y que se ajustaba perfectamente a su esbelto cuerpo.

Yannis deseó ponerle las manos en la cintura, sentir la curva de sus caderas y atraerla hacia él.

Deseó abrazarla una vez más.

–¡Eleanor!

Eleanor se puso aún más nerviosa cuando vio que Yannis caminaba hacia ella; pero no era un nerviosismo causado por la ansiedad, sino por el sentimiento de anticipación. A pesar del enfrentamiento de la noche anterior, su cuerpo parecía alegrarse de verlo.

Yannis se detuvo ante ella y la tomó de la mano. Eleanor aceptó el contacto sin darse cuenta de lo que estaba haciendo. Una parte de ella quería dar un paso atrás, dedicarle una sonrisa helada y permanecer a una distancia prudencial; pero esa parte no hizo nada, se quedó al margen de la situación.

Yannis sonrió con admiración y con cariño, casi devorándola con la mirada.

–Tienes un aspecto magnífico –dijo.

–Tú también –concedió ella, ruborizándose.

Yannis se había puesto un traje de seda, de color gris oscuro, con una corbata roja. Le quedaba muy bien y enfatizaba la potencia de su cuerpo. Un cuerpo que Eleanor conocía a fondo. Un cuerpo que echaba de menos.

–Y la fiesta es todo un éxito...

–Gracias, Yannis.

–Es extremadamente original. Única.

–Lo que tú querías –le recordó.

Eleanor rompió el contacto y se apartó un poco.

–Bueno, será mejor que me vaya. La cena se va a servir dentro de poco y tengo que comprobar que...

–Siento haber llegado tarde –la interrumpió.

–Es tu fiesta; puedes llegar tarde si quieres –dijo a la defensiva.

Eleanor se marchó sin darle ocasión de decir nada más.

Cuando llegó a la cocina, se encontró con un pequeño problema con la comida para los vegetarianos, que solucionó rápidamente. Después, volvió al salón y se dedicó a charlar con los invitados, tanto para asegurarse de que estaban bien como para mantener las distancias con Yannis.

Él estaba charlando animadamente con una morena impresionante que llevaba un vestido de color verde esmeralda. Era Kristina, la hija de Leandro Atrikides, y miraba a Yannis como si quisiera comérselo.

Sintió un acceso de celos que la desconcertó. Aquello no tenía sentido. Era completamente absurdo. Yannis no le importaba.

Dejó de mirar y se dirigió al extremo opuesto de la sala para no verlo. Un buen rato después, cuando ya habían terminado de cenar, Yannis se levantó de su silla y dio un golpecito a su copa de vino para llamar la atención de los presentes.

Todo el mundo se quedó en silencio.

–Gracias por venir. Me siento honrado de estar entre vosotros –declaró con una sonrisa encantadora–. Sé que hemos pasado por una situación difícil, pero podéis estar seguros de que haré todo lo que pueda por asegurar el futuro de la empresa que Leandro Atrikides fundó hace medio siglo.

Yannis se detuvo un momento, miró a varias personas de la sala y continuó con su discurso.

–Sin embargo, hoy es un día de celebración, y me alegra observar que os estáis divirtiendo. Si no os importa, me gustaría llamar a la persona que ha organizado esta fiesta tan magnífica en menos de una semana. ¿Eleanor?

Eleanor se quedó atónita. No esperaba ese detalle. En su profesión, ese tipo de situaciones se presentaban con cierta frecuencia. Estaba acostumbrada a ellas. Pero mientras se acercaba a Yannis, sintió un nerviosismo que le pareció ridículo, impropio de una profesional.

Cuando llegó a su altura, la gente rompió a aplaudir. Después, Eleanor carraspeó y dijo:

–Gracias, señor Zervas.

–Soy yo quien debo darte las gracias. Esta fiesta no habría sido posible sin ti.

Eleanor volvió a asentir y se marchó. Para su alivio, los invitados retomaron sus conversaciones anteriores y olvidaron la escena.

Durante la hora siguiente, se dedicó a hacer lo posible por evitar a Yannis. Se sentía tan atraída por él que no soportaba su cercanía. Y al cabo de un rato, cuando se dirigía a la cocina, tuvo que detenerse en el pasillo para respirar hondo e intentar tranquilizarse.

En realidad, sus emociones no le parecían nada sorprendentes. Siempre lo había deseado. Lo deseaba desde que apareció en el bar donde ella trabajaba diez años antes y le pidió un café con su acento griego.

–Empiezo a pensar que me rehuyes.

Eleanor se puso tensa. Desde su posición podía ver la cocina, perfectamente iluminada y segura. Pero estaba en el pasillo, oscuro y estrecho.

Se giró muy despacio e intentó mantener el aplomo. Yannis sonrió.

–¿Que te rehuyo? No, ni mucho menos. Es que estoy muy ocupada –se justificó.

–Sí, por supuesto –murmuró él–. Sin embargo, me preguntaba si podrías dedicarme unos minutos... para bailar.

–¿Bailar? –preguntó, perpleja.

Él sonrió un poco más.

–Sí, ya sabes, bailar –respondió con humor.

Yannis extendió un brazo para tomarla de la mano, pero ella hizo caso omiso.

–No sé bailar, Yannis.

–Pues tienes suerte, porque yo soy un bailarín excelente. Y un buen profesor, por cierto –añadió.

Eleanor arqueó una ceja.

–¿En serio? No recuerdo que bailáramos nunca.

–Porque estábamos demasiado ocupados con otras diversiones.

Eleanor se ruborizó.

–Bueno, yo...

–Oh, vamos. Solo será un baile.

Yannis lo dijo con tono de desafío. Y Eleanor se lo tomó como tal.

De repente, necesitaba demostrar a Yannis Zervas que era perfectamente capaz de bailar con él sin que la afectara.

Además, y como bien había dicho, solo sería un baile.

–De acuerdo.

Decidida, lo siguió hasta el salón y entraron en la pista de baile. Una vez allí, Yannis le puso una mano en la espalda y empezaron a bailar como el resto de las parejas. Eleanor nunca había sido una gran bailarina, y estaba tan tensa, que Yannis dijo:

–Vamos, relájate...

–Lo intento –se defendió.

–Bailas como un niño de doce años –ironizó él–. Y te empeñas en llevar el ritmo.

–No lo puedo evitar.

Yannis bajó un poco la mano en su espalda y aceleró el ritmo de los pasos, tomando el control de la situación.

–Esto se hace así –dijo.

Súbitamente, Eleanor se encontró dando vueltas y más vueltas rápidas. No sabía lo que había pasado, pero Yannis bailaba tan bien que conseguía que hasta ella pareciera una bailarina excepcional.

El resto de las parejas les hicieron sitio y algunas dejaron de bailar y se dedicaron a admirar sus evoluciones.

–Estás dando un espectáculo –protestó ella en voz baja.

Yannis sonrió.

–¿No se trataba de eso? –contraatacó él.

Eleanor pensó que la situación era extraordinariamente peligrosa. Yannis volvía a ser el hombre de diez años antes, el hombre del que se había enamorado, el hombre que le había partido el corazón.

Sintió tanto miedo que habría preferido estar con el ejecutivo duro e implacable. Con él, al menos, no corría ningún peligro.

–¿Dónde aprendiste a bailar?

–Tengo cinco hermanas mayores, Eleanor. Y con cinco hermanas, cualquiera aprende a bailar –respondió.

–¿Cinco? –preguntó, sorprendida.

–Sí, cinco. Pero prepárate, porque llega el movimiento final...

–Yannis, no puedo...

–Claro que puedes.

Antes de que Eleanor supiera lo que pasaba, Yannis le dio una vuelta entera en el aire. La gente rompió a reír y aplaudir.

–¡Yannis!

–¿Es que no te ha gustado?

–Esa no es la cuestión –acertó a decir, ruborizada.

Yannis supo que le preocupaba haber enseñado la ropa interior a todo el mundo, de modo que la tranquilizó.

–Descuida, no se ha visto nada –murmuró.

–¿Cómo te has atrevido a...?

Eleanor no terminó la frase. Yannis tenía razón. Le había parecido muy divertido, pero estaba empeñada en mantener una imagen distante y profesional y lo de enseñar las braguitas a todos los invitados no le parecía coherente con su imagen.

La canción terminó en ese momento y del rock and roll pasaron a un tema romántico. Yannis la abrazó con más fuerza y bajó la mano hasta la parte superior de su trasero.

–Yannis... –le advirtió.

–Relájate. Es un baile lento.

Eleanor se preguntó cómo podía relajarse cuando estaba apretada contra el cuerpo de Yannis y él no dejaba de acariciarle la espalda.

Sacó fuerzas de flaqueza y se dijo que saldría de aquella situación con la cabeza bien alta; pero su cuerpo la traicionaba constantemente. Quería dejarse llevar, concentrarse en su contacto, disfrutar del momento.

Era la primera vez que bailaban. Nunca había surgido la ocasión. Su historia de amor se había desarrollado entre las paredes del bar donde ella trabajaba, entre los árboles de un parque y en la enorme cama del piso de Yannis.

Jamás habría imaginado que era un gran bailarín. Ni siquiera sabía que tuviera cinco hermanas. Lo había amado con todo su corazón y, no obstante, desconocía muchas cosas de él.

–¿Lo ves? Es muy fácil –dijo Yannis en voz baja.

Eleanor pensó que era demasiado fácil y quiso creer que, aunque pudiera perdonarlo, aunque pudiera olvidar lo sucedido, nunca podrían mantener una relación amorosa. Pero sus preocupaciones se empezaron a deshacer poco a poco, como un montón de nieve, bajo la calidez de los brazos de Yannis.

La canción terminó y permanecieron juntos hasta que ella reaccionó y se apartó.

Sentía un calor intenso en la cara y notó que un mechón se le había soltado de su acicalado y profesional moño.

Su imagen se estaba resquebrajando.

Ella se estaba resquebrajando.

–Debo irme. Tengo mucho que hacer.

–Está bien.

Eleanor lo miró a los ojos y supo que aquel baile había sido tan revelador para él como para ella.

Se preguntó qué pretendía y no encontró respuesta. Si no estaba coqueteando con el pasado, estaba coqueteando con ella. Y eso no era bueno para ninguno de los dos.

–Gracias por el baile –dijo.

Después, se giró y se marchó sin darle ocasión de responder.

Yannis la vio alejarse entre la multitud. Aún le hormigueaba la piel en las partes que habían estado en contacto con su cuerpo. Se sentía vivo, más vivo que en muchos años; pero también, más inquieto.

No sabía qué estaba haciendo ni qué intentaba demostrar. Bailar con Eleanor era un juego peligroso, teniendo en cuenta que entre ellos no podía haber nada. Además del pasado, se interponía el hecho de que solo iba a estar unos días en Nueva York. Y por si eso fuera poco, ni siquiera quería una relación seria con nadie.

Pensó que dejarla en paz era lo mejor, lo más inteligente y lo más seguro para ambos. Debían separarse y seguir con sus vidas.

Pero mientras tomaba la decisión, la buscaba con la mirada.

Esperándola. Deseándola.

Eleanor evitó a Yannis durante el resto de la noche, aunque se sentía ridícula cada vez que se escondía en una sala o corría a toda prisa por un pasillo para no toparse con él.

Sin embargo, era necesario para su salud mental. El baile había destrozado las barreras que la defendían de él; las barreras del pasado y las del presente. No se podía arriesgar a dejarse llevar por el deseo. No con un hombre en el que no podía confiar. No con Yannis.

Pero no lo pudo evitar todo el tiempo. Cuando la fiesta terminó y los camareros se pusieron a limpiar el sitio, la encontró.

–Siempre ocupada –murmuró él.

Ella, que estaba de espaldas, ni siquiera se giró.

–Tengo mucho que hacer. Recuerda que esto es un trabajo para mí.

Él se apoyó en la pared y dijo:

–Un trabajo excelente, por cierto.

–Gracias.

Uno de los camareros terminó de llenar una bandeja y desapareció con ella, dejándolos solos. De repente, Eleanor se puso nerviosa.

–Dentro de tres días me marcho a Grecia.

Ella se puso en tensión.

–Comprendo.

–Me gustaría pensar que...

Yannis se detuvo y carraspeó. Eleanor, sorprendida por aquel gesto de inseguridad, se dio la vuelta y lo miró a los ojos.

–¿Sí?

–Me gustaría pensar que, cuando vuelva a casa, las cosas habrán quedado resueltas entre nosotros –sentenció.

–Bueno, si eso te preocupa, considéralas resueltas.

–Eleanor...

–No sé lo que quieres; pero sea lo que sea, me temo que no te lo puedo dar –lo interrumpió–. Lo lamento. Sinceramente.

Su cuerpo no estaba de acuerdo con sus palabras; le recordaba una y otra vez lo que había sentido al bailar con él. Pero su mente y su corazón no eran capaces, ni quizás lo serían nunca, de perdonarlo.

–Buenas noches, Yannis.

Salió de la habitación sin mirar atrás y recogió el abrigo antes de salir del embarcadero. Cuando organizaba fiestas, se quedaba el tiempo suficiente para asegurarse de que todo quedaba limpio y en perfecto estado; pero no soportaba la idea de estar un minuto más con Yannis. Habría corrido el peligro de rendirse a la tentación.

Odió que su cuerpo fuera tan débil. Odió que deseara al hombre que la había abandonado.

Pero al menos tenía las fuerzas necesarias para marcharse.

Yannis se quedó solo en el salón. Unos segundos más tarde, oyó que la puerta principal se cerraba y supo que Eleanor se había ido.

Soltó un largo y lento suspiro. Sabía que era lo más conveniente para los dos, pero ni se sintió mejor ni su inquietud desapareció.

Se sentía demasiado culpable. Quedaban demasiadas cosas entre ellos; demasiadas palabras que en algún momento tendrían que pronunciar.

Eleanor había dicho que sus problemas estaban resueltos.

Pero no lo estaban; por lo menos, para él.

Tomó una decisión y se marchó a grandes zancadas.

El parque estaba oscuro y ya no quedaba ningún invitado en los alrededores.

Eleanor se metió las manos en los bolsillos del abrigo y caminó con brío hacia la Quinta Avenida. Era bastante tarde, pero sabía que no tendría problemas para encontrar un taxi.

Apenas había llegado al estanque de los veleros, que en verano se llenaba de barquitos, cuando oyó pasos por detrás. Su corazón se aceleró tanto como la velocidad de sus piernas. Central Park era bastante seguro, pero estaba en Nueva York y convenía ser cautelosa.

–Eleanor, soy yo. Lo siento.

Eleanor redujo el paso al oír la voz de Yannis y se detuvo.

–¿Qué has dicho?

–Que lo siento.

Casi no podía ver su cara. Había luna, pero estaba oculta detrás de las nubes y no alcanzaba a distinguir su expresión.

–¿Qué es lo que sientes?

–Haberte hecho tanto daño.

Cuando se acercó un poco más, Eleanor vio el arrepentimiento en sus ojos y se le hizo un nudo en la garganta.

–Haberme marchado de ese modo –continuó él–. No haber estado contigo en los malos tiempos.

–No sigas, Yannis... –susurró ella–. No digas nada más.

Yannis sonrió.

–¿No quieres que me disculpe? Normalmente te concedería el deseo, pero necesito hacerlo; por ti y por mí. Nunca superaremos nuestros problemas ni podremos dar nada por resuelto hasta que lo diga. Lo sé muy bien.

–Pero yo no necesito que...

Eleanor dejó la frase sin terminar porque sabía que no era verdad. Lo necesitaba. Necesitaba que Yannis se disculpara con ella. Necesitaba ser capaz de perdonarlo.

Durante diez años, se las había arreglado para seguir adelante con su vida. Pero su corazón permanecía en el pasado, enganchado a él. No se había dado cuenta hasta que se volvieron a encontrar.

–¿Me perdonarás, Eleanor? –preguntó Yannis con dulzura–. ¿Me perdonarás por haberte causado tanto dolor?

Eleanor quiso sacudir la cabeza. Quiso llorar. Quiso decir que no se lo perdonaría nunca, que todavía seguía enfadada y profundamente herida. Pero también quiso decir que lo estaba deseando porque ella necesitaba la redención y el olvido.

Incapaz de hacer otra cosa, asintió.

Yannis se acercó y la tomó entre sus brazos.

Ella no se resistió.

–Lo siento –repitió él.

–Te perdono, Yannis –susurró ella.

Alzó la cabeza para mirarlo, para que supiera que le estaba ofreciendo la absolución que buscaba. Pero sus ojos debieron de traicionar el deseo que sentía, porque tras unos segundos de duda, Yannis se inclinó y la besó.

El primer contacto de sus labios fue verdaderamente electrizante. Todos los sentidos de Eleanor cobraron vida de repente.

Se acordó del hombre que había sido, de lo que ella sentía con él, del sabor de su boca.

Yannis la besó con más pasión y ella se entregó de un modo tan intenso y desenfrenado, que se apretó contra su cuerpo y lo empezó a acariciar por todas partes.

No supo cuánto tiempo estuvieron así.

Pero fue mucho más que un beso.

Yannis introdujo las manos por debajo de su abrigo y de su vestido, hasta llegar a su piel. Eleanor echó la cabeza hacia atrás y soltó un gemido de placer cuando él le acarició la cintura y los senos. Había pasado mucho tiempo desde la última vez. Habían pasado diez largos años.

Poco después, oyó las risas de unos adolescentes al otro lado del estanque y su deseo se esfumó.

Se apartó de él, avergonzada de lo que había hecho, y lo miró con incredulidad. Sorprendentemente, Yannis respondió del mismo modo, como si estuviera tan atónito y tan arrepentido como ella.

Durante unos momentos, ninguno dijo nada.

–Eleanor...

–No, Yannis. Esto no debería haber ocurrido.

–Lo sé. Pero de todos modos...

–No –repitió.

Eleanor sacudió la cabeza, soltó un grito ahogado y salió corriendo.

Yannis pensó que corría como si la persiguiera el mismísimo diablo, y se dijo que tal vez la persiguiera de verdad. El beso la había desconcertado tanto como a él.

Solo pretendía disculparse por el pasado y cerrar las viejas heridas, pero en lugar de cerrarlas, las había abierto. Ahora, le dolía el corazón por haberle hecho daño otra vez. Y le dolía el cuerpo por un motivo bien distinto: porque la deseaba.

Antes de darse cuenta de lo que hacía, la empezó a seguir.

Desde que se habían encontrado, y sobre todo desde que habían aclarado lo ocurrido diez años antes, no podía dejar de pensar en ella.

Se preguntaba una y otra vez lo que habría pasado si las cosas hubieran sido diferentes. Se preguntaba si la vida le concedería una segunda oportunidad.

Justo entonces, se detuvo en seco.

Una segunda oportunidad. Pero ni siquiera sabía si la quería.

Llevaba diez años levantando muros contra el amor, endureciendo su corazón y protegiéndolo de las emociones. Como creía que no podía tener hijos, se había concentrado en sus negocios por completo.

Pero necesitaba más, mucho más.

Necesitaba a Ellie.

Quería reencontrar a la mujer que había perdido. Quería que Ellie se volviera a encontrar a sí misma y que volviera a ser la de antes, la persona que lo amaba y a quien él amaba.

No sabía por qué, pero lo necesitaba.

Sin embargo, no tenía ninguna posibilidad de conseguirlo. Al fin y al cabo, solo iba a estar unos días en Nueva York.

Siguió andando y se dijo que no podía revivir el pasado. Por mucho que se atormentara con las posibilidades, solo eran eso, posibilidades, no realidades.

Ni siquiera llegaban a la categoría de esperanzas.

Cuando llegó a la Quinta Avenida, volvió a suspirar. Después, renunció a seguirla, dio media vuelta y volvió a casa.

Capítulo 6

ELEANOR no regresó a su piso. No quería estar sola, de modo que paró un taxi y pidió al conductor que la llevara a West Village, donde vivía su mejor amiga, Allie. Se habían conocido en Premier Planning nueve años antes; las dos eran nuevas en el trabajo, pero Allie solo se quedó dos semanas.

A pesar de la hora, más de las doce de la noche, sabía que Allie la recibiría con los brazos abiertos, como siempre.

Cuando llamó al portero automático, la voz de su amiga sonó somnolienta e irritada.

–¿Quién es?

–Soy yo.

Allie le abrió el portal.

Eleanor subió al sexto piso por la escalera. Allie la estaba esperando en la puerta del piso, en pijama.

–¿Qué diablos ha pasado? Tienes un aspecto terrible.

–Gracias por el comentario –ironizó Eleanor.

Allie se encogió de hombros, la invitó a entrar y cerró la puerta.

–Solo estaba bromeando. De hecho, llevas un vestido precioso. Pero... ¿qué ocurre? No habrías venido a estas horas si todo fuera bien.

–Mi vida es un desastre.

Allie la llevó a la cocina y puso la tetera al fuego antes de que Eleanor se lo pidiera.

–¿Quieres hablar de ello? Pensaba que esta noche tenías una fiesta...

Eleanor se quitó los zapatos de tacón alto, se sentó en una silla y asintió. El piso de Allie no se parecía nada al suyo; era un lugar cálido y acogedor, de colores alegres, un lugar como el que ella misma habría tenido en otros tiempos.

En cierta manera, Allie era la persona que ella no se había atrevido a ser.

–¿Y bien? Todavía no has contestado a mi pregunta –insistió.

–Él ha vuelto.

Allie la miró con asombro.

–¿Él? ¿Pero cómo es posible que... ?

Eleanor no estaba de humor para dar explicaciones largas, de modo que decidió resumirlo en dos palabras:

–La fiesta –dijo.

Allie asintió.

–¿Y qué ha pasado? Espero que ese cerdo se haya disculpado contigo.

Eleanor soltó una carcajada.

–Sí, se ha disculpado.

–¿Y eso no es bueno? –preguntó su amiga, con cautela.

La tetera empezó a silbar. Allie se levantó y sirvió el té mientras Eleanor intentaba encontrar una respuesta a su pregunta.

Siempre había querido que Yannis se disculpara; imaginaba que después lo perdonaría y que seguiría con su vida como si nada hubiera pasado. Pero no quería seguir con su vida; no sin él.

–Por tu silencio, supongo que no es bueno –continuó Allie–. Pero... ¿por qué no?

Eleanor volvió a reírse.

–Porque ha sido una disculpa poco convencional. Después de pedirme perdón, me ha besado –explicó.

Allie asintió de nuevo.

–Ah... ¿Y qué tal ha estado?

Eleanor ya no pudo contener la risa. Se reía tanto que estuvo a punto de atragantarse con el té.

–Dios mío, jamás habría imaginado que preguntarías eso.

Allie se encogió de hombros.

–Bueno, te ha causado tanto dolor que lo menos que se puede esperar es que bese bien –ironizó.

–Besa muy bien –admitió Eleanor.

–¿Y por qué crees que te ha besado? ¿Solo ha sido por el calor del momento, por la inercia de la situación?

–Sinceramente, no lo sé.

Eleanor se preguntó lo mismo. Cabía la posibilidad de que Allie tuviera razón y de que solo hubiera sido un gesto espontáneo, sin intenciones más profundas. Pero conociendo a Yannis, le resultaba difícil de creer que hubiera perdido el control hasta ese extremo.

–Eleanor... deja de pensar tanto. Si sigues así, vas a empezar a alucinar –se burló.

–Creo que ya estoy alucinando. Sabes que nunca he tenido tiempo ni ganas de mantener relaciones amorosas. No sé si puedo...

–¿Él va en serio? –la interrumpió.

Eleanor gimió.

–No, por supuesto que no. Esto no es más que... bueno, al menos creo que no va en serio –se corrigió–. Y en cualquier caso, no debería importarme.

–Pero te importa.

Eleanor se mordió el labio inferior con fuerza.

–No, no me importa. No me puede importar. Me rompió el corazón hace diez años; me cambió la vida de tal manera que se derrumbó ante mis pies. Nunca te he dicho lo mal que lo pasé, pero fue terrible; verdaderamente espantoso.

Allie le acarició la mano.

–Oh, Eleanor... Lo siento mucho.

–Y yo. No sé por qué me ha besado, pero no es una buena idea. No me puedo permitir el lujo de volver a recorrer ese camino.

Eleanor guardó silencio durante un momento y añadió con firmeza:

–Hay algo que está fuera de dudas. Puede que yo haya cambiado mucho en diez años, pero Yannis Zervas no ha cambiado nada. Sigue siendo el de siempre.

Eleanor pasó la noche en el sofá de su amiga, pero durmió profunda y plácidamente.

Cuando se despertó, el sol estaba alto en el horizonte y Allie le había preparado café y unos cruasanes.

–Me siento como si me hubiera atropellado un tren –murmuró mientras intentaba despabilarse.

Eleanor se había acostado sin lavarse la cara, y tenía los ojos pegajosos por el sueño y por el rímel seco.

–Porque en cierto modo, es verdad. Te ha atropellado el expreso de Zervas –bromeó Allie, que le dio una taza de café–. Toma, bebe algo. Lo necesitas.

–Eres un encanto...

Allie sonrió.

–Lo sé.

Eleanor se incorporó y se sentó en el sofá con las piernas cruzadas. Después, dio un trago de café y probó un cruasán, que le supo delicioso; la noche anterior no había comido casi nada y estaba hambrienta.

Su teléfono móvil sonó entonces.

Cuando consiguió localizarlo, Lily le había dejado un mensaje en el buzón de voz. Solo le pedía que le devolviera la llamada, pero Eleanor sintió pánico. Por algún motivo, pensó que el beso de Yannis lo había cambiado todo y que había llamado a su jefa para protestar por la fiesta del embarcadero.

Guardó el teléfono en el bolso y tomó un poco más de café, decidida a no pensar en Lily ni en el trabajo ni en Yannis. A fin de cuentas, era sábado y estaba con Allie. Necesitaba descansar, olvidar los problemas.

Se giró hacia su amiga y dijo:

–Salgamos por ahí. Hagamos algo divertido... podríamos ir al mercado de Union Square y comprar bisutería en Saint Mark.

–¿Bisutería? –preguntó Allie, arqueando las cejas–. ¿Desde cuándo te gusta la bisutería?

Eleanor se mordió el labio inferior y sonrió con inseguridad. De joven, le encantaba la bisutería moderna; pero ya no era esa persona. La desaparición de Yannis le había afectado tanto que decidió cambiar y convertirse en otra.

«Te has convertido en la clase de persona que no querías ser», le había dicho Yannis.

Sin embargo, borró ese pensamiento de su cabeza y sonrió a Allie.

–Bueno, entonces, vayamos a un museo. ¿Te parece bien el MOMA? Tienes razón en lo que has dicho. La bisutería no me ha gustado nunca.

El lunes siguiente, cuando Eleanor entró en las oficinas de Premier Planning, notó que todo el mundo la miraba con interés.

Se preguntó qué habría pasado y tuvo miedo de que Yannis hubiera hablado con su jefa.

Pero no tardó mucho en descubrir el motivo. En la mesa de su despacho había un enorme ramo de lirios blancos y violetas, con una tarjeta metida entre las flores.

Sacó la tarjeta y la leyó.

Era de Yannis. La llamaba *princesa de la nieve* y, a continuación, se disculpaba de nuevo.

Eleanor se emocionó.

–Vaya, vaya...

Al oír la voz de Lily, se giró hacia la puerta.

–Buenos días, Lily –acertó a decir.

–Por las flores, parece evidente que Zervas quedó satisfecho con la organización del acto –declaró.

–Eso espero.

–De todas formas, ya estaba informada. Me llamó el sábado para darme las gracias –dijo Lily–. Sabía que lo harías bien.

–Me alegro mucho. Es... maravilloso.

Lily notó su incomodidad y entrecerró los ojos.

–Por supuesto que sí. Pero no pareces muy contenta; de hecho, tienes mal aspecto.

Eleanor decidió disimular. Apartó el ramo de flores y adoptó el tono de voz más profesional que pudo.

–Es que estoy agotada. Organizar una fiesta en una semana ha sido realmente complicado.

–Eso es cierto. Si quieres, tómate la tarde libre.

Eleanor sacudió la cabeza. Si se tomaba la tarde libre, se dedicaría a pensar en Yannis. Además, no quería que Laura o Jill aprovecharan su ausencia para robarle la cartera de clientes.

Necesitaba estar allí, en el trabajo, donde podía sentirse útil.

–No, gracias, estoy bien. Y tengo trabajo atrasado.

Lily se marchó y Eleanor se puso a trabajar. Pero por mucho que lo intentó, no logró dejar de pensar en Yannis.

Horas más tarde, cuando estaba a punto de marcharse a casa, sonó el teléfono.

–Eleanor Langley. ¿En qué le puedo ayudar?

–Soy yo, Ellie... Oh, discúlpame; me has dicho mil veces que no quieres que te llame así, Eleanor.

Ella apretó el auricular con fuerza.

–Hola, Yannis.

–Mañana me voy a Grecia –declaró–. Solo quería decirte que lo siento mucho... Me refiero a lo de la otra noche. Sé que ese beso estuvo fuera de lugar.

–Bueno, tus flores han servido para que lo olvide –mintió.

–Me alegra que te hayan gustado.

Eleanor no dijo nada. No podía hablar. Se le había hecho un nudo en la garganta.

–Supongo que esto es una despedida –continuó él–. No tengo intención de volver a Nueva York.

–¿Ni siquiera para dirigir Atrikides Holdings?

–Ya he nombrado al nuevo director general. Será el sobrino de Leandro Atrikides –le explicó–. Ése fue el plan desde el principio.

–¿El plan de quién? –se atrevió a preguntar.

–El plan de Leandro, por supuesto.

En ese momento, Eleanor supo que se había equivocado con él. Yannis no era el ejecutivo despiadado que había creído.

Pero ya no importaba, porque estaba a punto de marcharse de la ciudad y de poner fin a cualquier esperanza de retomar su relación.

–Comprendo –dijo con voz distante–. Entonces... adiós.

Yannis permaneció en silencio. Eleanor habría dado cualquier cosa por saber lo que estaba pensando y lo que iba a decir a continuación.

Sin embargo, se limitó a despedirse de nuevo.

–Adiós, Eleanor.

Cuando cortaron la comunicación, Eleanor se dio cuenta de que Yannis acababa de salir por segunda vez de su vida.

Pero en esa ocasión, por lo menos se había despedido.

Yannis se levantó, se acercó al ventanal del despacho de Leandro Atrikides y contempló la vista de Central Park.

Al día siguiente, por la mañana, se subiría a su reactor privado y volaría a Grecia. Tenía mucho trabajo: reuniones a las que asistir, empresas que dirigir y decisiones que tomar. Tenía una vida hecha.

Pero en ese instante le pareció una vida vacía, absurda. Solo podía pensar en la mujer que estaba a punto de dejar atrás.

Irritado, sacudió la cabeza y se dijo que el arrepentimiento carecía de sentido. Debía seguir adelante y olvidar.

Intentó convencerse de que no tenía ningún interés en revivir una relación del pasado que, por otra parte, estaría condenada desde el principio. No quería volver a ser el hombre entusiasta y despreocupado de su juventud. No quería volver a estar con ella.

La había llamado por teléfono para disculparse. Solo por eso.

Aquel beso había sido una idea nefasta, un error.

Suspiró e intentó pensar en otra cosa. Se dijo que sería mejor que volviera a la suite del hotel, pidiera algo de cenar y se acostara.

En Nueva York no había nada para él.

Pero a pesar de eso, se quedó mirando el parque, con las manos metidas en los bolsillos de los pantalones.

Tres meses después

–¿Por qué trabajas tanto?

Yannis dejó de mirar el periódico de economía que estaba leyendo mientras desayunaba y sonrió a su hermana Alecia.

–Lo siento. Es la costumbre –contestó.

Estaban sentados en uno de los cafés de la plaza

Kolonaki, en Atenas. Alecia frunció el ceño y alcanzó un cruasán.

–No me refería concretamente a que leas las noticias económicas mientras desayunas. Me refiero a todo, Yannis. Desde que volviste de ese viaje, te has portado mal con todo el mundo; siempre estás de un humor de perros. Incluso te has saltado tres cenas familiares... –le recordó.

–¿Qué tiene de particular? Siempre que puedo, me las salto.

Alecia sonrió.

–Sí, pero nunca tantas.

–De todas formas, ¿de qué viaje estás hablando?

–Del que hiciste a Nueva York.

Yannis pensó que no debería haberlo preguntado. En primer lugar, porque lo sabía de sobra; y en segundo, porque también sabía que su malhumor se debía a Eleanor Langley.

–Estoy preocupada por ti, hermano.

–Pues no te preocupes –dijo con más dureza de la cuenta.

Alecia lo miró con escepticismo.

–¿Qué te está pasando, Yannis?

–Nada.

Yannis no quería hablar de lo sucedido. No quería decir que había cometido un terrible error al pensar que era estéril y creer que Eleanor lo había traicionado diez años antes. No quería recordar lo ocurrido en Nueva York.

Durante tres meses, se había dedicado a trabajar a destajo, con la esperanza de borrar los recuerdos y seguir con su vida.

Pero no había funcionado. Eleanor lo asaltaba en

sus sueños y era una presencia constante en sus pensamientos.

–Se trata de una mujer, ¿verdad?

–¿Cómo?

–Es una mujer –afirmó su hermana.

–Alecia...

–Tiene que serlo. No lo niegues. Te comportas como si estuvieras enamorado y la echaras de menos.

–Eso es una estupidez –protestó Yannis.

–¿En serio? –dijo ella, ladeando la cabeza–. Sé que no has salido con ninguna mujer desde que volviste de Estados Unidos.

–Olvídalo. No quiero hablar de ella.

–Pues deberías. Aunque lo niegues, es evidente que te ha afectado mucho.

–Olvídalo –repitió, desesperado.

Yannis apartó la mirada para que Alecia no notara el dolor de su expresión. Su hermana estaba en lo cierto. La echaba terriblemente de menos. La extrañaba tanto, que se sentía vacío y no era feliz con nada.

Necesitaba a Eleanor.

Pero no quería necesitarla.

–Está bien, como quieras... En tal caso, hablemos de otra cosa. Papá cumple setenta años el mes que viene y deberíamos hacer algo al respecto.

Yannis se puso tenso. Siempre se ponía tenso cuando se mencionaba a su padre.

–¿En qué estás pensando, exactamente?

–¡En una fiesta, Yannis! ¿En qué si no? Pero tenemos un problema. Elana sería la persona adecuada para organizarla, pero está muy ocupada con su cuarto hijo. Y como Tabitha se ha quedado embarazada del tercero...

–¿Del tercero? ¿Ya? –preguntó él con asombro.

Yannis tenía tantas hermanas que había perdido la cuenta de sus embarazos. Además, su supuesto problema físico siempre lo había mantenido alejado de esas cosas. Cuando hablaban de niños, se sentía fuera de lugar.

Pero las cosas habían cambiado. Cuando volvió a Grecia, fue a ver a un especialista. Días después, el médico le dijo que solo tenía un problema de fertilidad limitada y que podía tener hijos.

Yannis no se lo había dicho a nadie. Le dolía demasiado.

–¿Me estás escuchando? –preguntó Alecia, irritada.

Yannis sonrió a modo de disculpa.

–Sí, claro que sí. Decías que Tabitha se ha quedado embarazada otra vez.

–Exacto. Solo quedan Kaitrona, que sería incapaz de organizar una fiesta, y Parthenope, que no se habla con papá desde...

–¿Parthenope no se habla con papá? ¿Por qué? –la interrumpió.

Alecia hizo un gesto de desdén.

–Bah, quién sabe. Papá siempre consigue que alguien se enfade con él. Hizo un comentario algo grosero sobre Christos y...

–Ah, eso.

Christos era el marido de Parthenope. A Yannis le parecía un buen tipo, pero era demasiado urbanita para los gustos de su padre.

Alcanzó la taza de café, dio un sorbo y dijo:

–Entonces, organízala tú.

–Acabo de empezar con el trabajo nuevo y no tengo

tiempo. Pero claro, no te has dado cuenta porque nunca escuchas lo que te digo... Sinceramente, Yannis, eres un desastre. ¿Quién diablos es esa mujer?

–No hay ninguna mujer. No empieces a elucubrar y a esparcir rumores por ahí.

–¿Quién, yo? –dijo Alecia con fingida inocencia.

–Sí, tú.

–En cualquier caso, solo queda una persona que pueda organizar la fiesta de papá.

–¿Quién? ¿Mamá?

Alecia alzó los ojos al cielo.

–¡Tú, Yannis! Tú puedes organizar esa fiesta. Se me ha ocurrido que podríamos usar tu casa de la isla. Vas muy pocas veces y es un sitio precioso.

Yannis parpadeó, atónito. La idea de organizar la fiesta de su padre, con quien siempre se había llevado mal, le parecía absurda.

–No me parece muy adecuado, Alecia.

–Sé que papá y tú tenéis vuestras diferencias, pero eres su hijo y...

–No soy la persona adecuada –la cortó en seco.

Yannis no podía dar explicaciones. Sus hermanas desconocían que Aristo Zervas lo rechazaba porque creía que no podía tener hijos. A su padre le daba tanta vergüenza que quería mantenerlo en secreto.

–Entonces, contrata a alguien para que la organice.

–Alecia...

Yannis se detuvo.

De repente, las palabras de su hermana cobraron sentido. Fue como si todas las piezas encajaran en su sitio. El cumpleaños de su padre le brindaba la oportunidad que había estado buscando y que no encontraba.

–¿Y bien? –insistió Alecia–. ¿Qué te parece?

–Me parece... una idea excelente –respondió–. Y resulta que conozco a la persona perfecta para esa misión.

Eleanor alcanzó otra piedra y la lanzó al mar. La piedra rebotó cuatro veces en la superficie del agua antes de hundirse.

Justo entonces, oyó pasos en la arena.

–Llevas horas lanzando chinas al agua...

Eleanor sonrió a su madre.

–Es terapéutico.

–¿Terapéutico? ¿Es que necesitas terapia?

–Vivo en Nueva York. Todos los neoyorquinos necesitan terapia.

Su madre suspiró y se sentó en la fría arena. Faltaban pocos días para abril, y aunque las plantas ya habían empezado a florecer, la temperatura era baja.

–Sí, supongo que en eso tienes razón. ¿Quieres hablar de ello?

Eleanor lanzó otra piedra. Estaba en la casa de la playa desde el día anterior, y se marcharía al día siguiente. Habían hablado poco, pero su madre la conocía bien y se abstenía de presionarla en exceso.

–No particularmente.

Eleanor tampoco quiso dar más explicaciones. Su relación siempre había sido algo tensa; además, no quería abrirle el corazón y mostrar su vulnerabilidad.

–Lily dice que estás haciendo un gran trabajo.

–Gracias.

Heather la miró con intensidad. Eleanor suspiró y añadió:

–No me pasa nada. En serio. Solo es cansancio.

–Llevas mucho tiempo en Premier Planning –dijo

Heather tras unos segundos de silencio–. Quizás deberías cambiar de aires.

Eleanor la miró con horror.

–¿Quieres que deje mi trabajo? Jamás habría imaginado que llegarías a decir eso.

Su madre se encogió de hombros.

–El trabajo no lo es todo. Sé que lo fue en mi caso, pero...

Heather dejó la frase sin terminar, pero Eleanor supo lo que estaba pensando y le dedicó una sonrisa.

–Lo sé, mamá.

Su madre también sonrió.

–Bueno, podrías tomarte un año sabático.

Ella sacudió la cabeza.

–No, no, estoy bien.

No podía dejar el trabajo; era todo lo que tenía. Pero por otra parte, no sabía qué hacer. Desde que Yannis se había marchado de Nueva York, se sentía vacía y estaba de mal humor constantemente. Necesitaba algo distinto, algo más. Necesitaba a Yannis.

Sin embargo, no podía abandonar su empleo por un sueño imposible que nunca se convertiría en realidad.

Se levantó de la arena y ofreció una mano a su madre, que la aceptó.

–Vamos. Aquí hace mucho frío. Aún tengo toda una tarde libre por delante, y quiero pegarte una paliza a las cartas.

Heather se rio y aceptó su cambio de conversación.

–Inténtalo si quieres, pero vas a fracasar.

Eleanor estaba bastante cansada cuando llegó el lunes al trabajo. La casa de su madre estaba a tres horas de Nueva York y no había dormido mucho.

Shelley, la recepcionista, se levantó cuando la vio entrar.

–Tu cita de las nueve en punto te espera en el despacho.

–¿Tenía una reunión a las nueve en punto?

A Eleanor le extrañó. Había comprobado sus compromisos mientras desayunaba y no había nada a las nueve.

–Sí. Ha dicho que te esperaría dentro.

–Está bien...

Eleanor avanzó por el pasillo. La puerta de su despacho estaba cerrada y no pudo ver quién era, pero Lily apareció entonces y dijo:

–Ha vuelto. Quedó tan impresionado con tu trabajo que quiere encargarte otra cosa. Pero descuida, esta vez tendrás tiempo de sobra.

Eleanor abrió la puerta, nerviosa.

Como ya había imaginado, era Yannis Zervas.

–Hola, Eleanor.

Capítulo 7

QUÉ ESTÁS haciendo aquí?

Eleanor cerró la puerta rápidamente, para que su jefa no pudiera oír la conversación. Se le había acelerado el corazón y sentía una extraña inquietud, que no pudo reconocer con claridad; era una mezcla de disgusto, anticipación y excitación.

Pasó por delante de Yannis, que estaba de pie, y se dirigió a su sillón. Antes de acomodarse en su sitio, se quitó el abrigo y se alegró de haberse arreglado aquella mañana; llevaba una blusa de seda, de color claro, y una falda roja. Además, se había hecho la manicura y se había recogido el pelo.

Su imagen no podía resultar más profesional. Un muro perfecto contra las emociones.

–Necesito organizar otra fiesta –respondió él con una sonrisa.

–¿Otra fiesta? –preguntó ella mientras reordenaba los documentos que tenía en la mesa–. Dudo que yo sea la candidata más adecuada para eso.

–Eres la mejor.

Eleanor lo miró a los ojos.

–No soy tan buena.

Yannis se acercó, se llevó un dedo a los labios y dijo en tono de broma:

–Calla. ¿Quieres que Lily te oiga? Esa mujer es

una dragona; no me extraña que fuera la socia de tu madre...

Eleanor sonrió.

–¿Cuándo te has dado cuenta?

–Hace unos minutos. Tuve ocasión de hablar con ella mientras te esperaba.

–De todas formas, estoy hablando en serio. Creo que es mejor que se lo encargues a otra... Pero me extraña que quieras organizar otra fiesta en Nueva York.

–No será en Nueva York.

Eleanor suspiró.

–Peor me lo pones –dijo–. Yo solo trabajo aquí.

–Oh, vamos, me han dicho que organizaste una fiesta de cumpleaños en Hampton.

–Pero el cliente vive en Manhattan y lo hice todo desde mi despacho –puntualizó–. Además, esta conversación no tiene sentido; rechazaría la oferta aunque tuvieras intención de celebrarla en Times Square.

Eleanor habló con una seguridad que no sentía en absoluto. Una parte de ella, quería salir corriendo; la otra, arrojarse a los brazos de Yannis.

–¿No quieres saber dónde es?

–No.

–En Grecia. Mi padre cumple setenta años dentro de poco y mis hermanas y yo hemos decidido darle una sorpresa.

–¿Cómo? –preguntó, atónita.

Yannis sonrió.

–¿No has estado nunca en Grecia?

–No. Y a decir verdad, he hecho todo lo posible por no acercarme a tu país.

–Estoy seguro de que te divertirías. Está precioso en esta época del año. No hace demasiado calor.

–Dudo mucho que lo disfrutara.

Eleanor no quería mantener aquella conversación. No tenía intención alguna de viajar a Grecia.

–Esta vez tendrías mucho tiempo para organizarla –la tentó–. El cumpleaños de mi padre es el mes que viene.

–Eso no importa. No podría organizar una fiesta de esas características desde mi despacho de Nueva York; ni puedo marcharme a Grecia todo un mes.

Yannis se acercó un poco más y la miró a los ojos. Seguía sonriendo, pero su expresión se había vuelto más sombría.

–¿Seguro que no puedes?

El ambiente de la habitación cambió de súbito. La tensión se volvió más eléctrica, más sensual; tanto, que Eleanor tuvo que respirar hondo.

–No insistas, Yannis.

–¿No?

Eleanor negó con la cabeza.

Estaba muy confundida. No quería hablar con él; no quería tenerlo allí. Y al mismo tiempo, se alegraba enormemente de que hubiera regresado.

–Solo serían un par de semanas. Seguro que se te ocurren cosas peores.

Eleanor pensó que no podía haber nada peor que pasar dos semanas con Yannis en Grecia; pero, naturalmente, se lo calló.

–Es imposible. Tengo otros compromisos laborales.

–Lily ha dicho que una de tus compañeras se encargaría de ellos. Ha mencionado un nombre... Laura, creo.

Eleanor se sintió derrotada. Laura era capaz de hacer cualquier cosa con tal de robarle sus contactos.

–Veo que ya has hablado con mi jefa...

Yannis se encogió de hombros.

–Sí. Te lo he dicho hace un momento.

–Pero... ¿por qué me quieres a mí?

–¿Por qué no?

Eleanor apartó la mirada.

–Lo sabes perfectamente –contestó.

Yannis tardó unos segundos en hablar. Cuando lo hizo, su voz sonaba más desenfadada.

–Eleanor, no conozco a más organizadoras de fiestas. Y creo sinceramente que serías la persona perfecta para el trabajo.

Ella lo miró con desconfianza.

–Oh, vamos. ¿Cómo voy a ser la persona perfecta para organizar una fiesta en tu país? Seguro que en Grecia hay empresas que se dedican a estas cosas.

–Si aceptaras, me harías un gran favor.

–¿Un favor? –preguntó con curiosidad.

Yannis asintió.

–Ya sabes que mi relación con mi padre nunca ha sido tan buena como debería. Me temo que lo he decepcionado en muchos sentidos –le confesó–. Esa fiesta podría contribuir a arreglar las cosas entre nosotros.

La confesión de Yannis le sorprendió mucho. Nunca había sido un hombre que hablara de sus sentimientos. Pero ahora le estaba abriendo su corazón.

Carraspeó e intentó adoptar un tono profesional.

–Sigo sin entender por qué has pensado en mí. No necesitas que te diga que lo que pasó entre nosotros me convierte en la persona menos adecuada de todas.

–He pensado en ti porque necesito ayuda. Aunque no estoy muy seguro de que te apetezca ayudarme.

Eleanor se ruborizó.

–Yannis, yo no quiero vengarme de ti. Lo nuestro es agua pasada –mintió.

–¿De verdad lo crees? No sé, puede que sea cierto en tu caso; pero yo no puedo olvidar tan fácilmente.

Eleanor se ruborizó un poco más. Ella tampoco había olvidado. Recordaba su primer beso, su primer abrazo y hasta el primer pastelillo que le había preparado. Recordaba el placer de hacer el amor con él. Recordaba la inmensa felicidad de sentirse amada.

Lo recordaba todo. Perfectamente.

–No sé, Yannis...

Ella ni siquiera supo por qué insistía en negarse. En cuanto vio a Yannis en el despacho, su corazón se alegró. Habría aceptado cualquier propuesta suya; y por supuesto, aceptaría viajar a Grecia.

Además, no tenía otro remedio. Lily la presionaría de todas formas.

–Solo dos semanas –repitió él–. No es mucho, pero sería tiempo más que suficiente para organizar una fiesta familiar... Y te aseguro que el clima será excelente; perfecto para que te tomes unas vacaciones.

Eleanor asintió y alcanzó su libreta.

–Está bien. ¿Dónde quieres que se celebre?

Yannis la miró con expresión de triunfo.

–En mi casa de campo. Está en mi isla del archipiélago de las Cícladas.

Eleanor se quedó perpleja.

–¿En tu isla? ¿Tienes tu propia isla?

Él asintió.

–Sí, pero es muy pequeña.

–Sí, claro, ya me lo imagino...

Eleanor se limitó a apuntar la palabra «isla» en la libreta. No podía creer que hubiera aceptado el encargo con tanta facilidad; pero si Yannis ya había hablado con Lily, estaba condenada desde el principio.

–¿Puedes darme más detalles?

–No creo que sea necesario. Vuelvo a Grecia el viernes y me gustaría que vinieras conmigo –respondió–. Como faltan varios días, tendrás tiempo de sobra para reorganizar tus compromisos previos.

–Sí, cómo no.

Eleanor intentó asumir lo sucedido. Se iba a marchar a Grecia. El viernes. Y por si fuera poco, con Yannis.

–Si tienes alguna pregunta, no dudes en llamarme por teléfono. De lo contrario, nos veremos el viernes por la mañana –dijo–. ¿Te parece bien que te envíe un coche a las nueve? El chófer te llevará al aeropuerto.

Eleanor asintió.

Yannis recogió su abrigo y se marchó de inmediato. Segundos después, Lily asomó la cabeza por la puerta.

–¿Y bien?

–Supongo que me voy a Grecia.

–Excelente –dijo su jefa, satisfecha–. Ya le había dicho que no sería un problema.

Eleanor demostró tan poco entusiasmo, que Lily entrecerró los ojos y añadió:

–Pareces algo reacia a trabajar otra vez con Zervas. Sinceramente, me extraña un poco... ¿todo va bien?

–Sí, por supuesto –mintió–. Será un placer.

Los días que faltaban hasta el viernes se le hicieron insoportablemente largos e insoportablemente cortos al mismo tiempo. Intentó concentrarse en su trabajo, pero no dejaba de pensar en el viaje.

A veces pensaba que estaba cometiendo el peor error de toda su vida y, otras, se decía que solo iba a organizar una fiesta. Además, el peor error de su vida lo había cometido diez años antes, cuando se enamoró de Yannis. Y por supuesto, no tenía la menor intención de volver a enamorarse.

Pero ni su madre ni Allie parecían muy convencidas.

El jueves por la noche, estaba cenando en un restaurante chino con su amiga cuando esta comentó:

–No sé por qué has aceptado su oferta. Ni siquiera alcanzo a imaginar por qué ha pensado en ti. ¿Crees que pretende retomar vuestra relación?

–No, no lo creo.

–¿Seguro? Me dijiste que te había besado...

Eleanor sacudió la cabeza.

–No, no puede ser eso. Somos demasiado diferentes.

Allie entrecerró los ojos.

–No sois tan diferentes. Pero no quiero que ese imbécil te vuelva a hacer daño. Me disgustaría mucho, Eleanor.

Eleanor se sintió en la extraña necesidad de defenderlo.

–Yannis no es un imbécil. Bueno... al menos no lo es tanto como pensaba.

–Me alegra saberlo –ironizó Allie.

–He llegado a la conclusión de que no lo conocía tan bien –explicó Eleanor, hablando muy despacio–. Yannis no hablaba nunca de sí mismo, y cuando nos volvimos a encontrar... Tiene cinco hermanas y yo no lo sabía. Ni siquiera sabía que se lleva mal con su padre.

–Oh, no... –dijo Allie, repentinamente horrorizada.

–¿Qué ocurre?

–Que te has vuelto a enamorar.

–¡No! –exclamó con demasiada rapidez–. No, no es nada de eso... pero supongo que este viaje es importante para mí. Una forma como otra cualquiera de cerrar una vieja herida.

–Se suponía que estaba cerrada desde que se disculpó contigo.

Eleanor tomó aire y lo soltó lentamente.

–Se suponía, pero necesito asegurarme de que no me voy a enamorar otra vez de él; de que los dos hemos cambiado mucho y de que ahora somos dos personas radicalmente distintas. Solo podré seguir con mi vida cuando supere el pasado y lo deje atrás.

Mientras hablaba, Eleanor se preguntó a quién intentaba engañar.

–Ya, bueno –dijo Allie con desconfianza–. ¿Y qué pasará si descubres que puedes volver a enamorarte de ese hombre? ¿Qué harás entonces?

Eleanor no quería pensar en esa posibilidad. Entre otras cosas, porque no tenía respuesta.

Aquella noche, cuando volvió a casa y llamó por teléfono a su madre para informarle de que se marchaba a Grecia, Heather le planteó una objeción parecida.

–Si yo estuviera en tu lugar, no me acercaría a ese hombre por ningún motivo –declaró–. Aunque si solo se trata de un asunto de trabajo...

–Sí, solo se trata de eso.

–Bueno, supongo que sabes lo que haces. Y por supuesto, me alegra que Lily tenga tan buena opinión de ti.

Eleanor prefirió callarse la verdad. Lily podía tener una buena opinión profesional de su trabajo, pero no estaba satisfecha por eso, sino porque Yannis era un cliente rico y pagaba mucho dinero por los servicios de la empresa.

–Ya hablaremos cuando regrese.

Cuando cortó la comunicación, miró las prendas que tenía a su alrededor y se preguntó qué debía llevarse y qué debía ponerse a la mañana siguiente.

Al final, se decidió por unos pantalones de vestir, un jersey de cachemir y unos zapatos de tacón. Le pareció que así tendría una imagen profesional y un poco sexy.

La limusina llegó a las nueve en punto de la mañana. Cuando el chófer le abrió la portezuela trasera y ella pasó al interior, se sintió decepcionada.

Yannis no estaba allí.

–El señor Zervas se reunirá con usted en el aeropuerto –le informó el hombre.

Eleanor no dijo nada. Se preguntó qué estaría haciendo para no poder acompañarla, pero no quería pensar en ello; de modo que alcanzó su maletín, sacó una carpeta y se puso a trabajar en el proyecto de la fiesta.

Sin embargo, la estrategia fue absolutamente inútil. Cuando llegó al aeropuerto, tenía los nervios de punta.

Había mentido a Heather, había mentido a Allie y se había mentido a sí misma. A su madre le había dicho que iba a Grecia porque era un trabajo más; a Allie, que necesitaba ir para cerrar viejas heridas.

Pero no era cierto. Aquel viaje implicaba muchas más cosas. Cosas bastante más preocupantes y más profundas.

De repente, alzó la mirada y vio que ya habían llegado a su destino. El chófer salió del coche y le abrió la portezuela.

Un momento después, Eleanor oyó una voz.

–Hola, Ellie.

Eleanor se llevó una sorpresa al ver a Yannis. Como siempre, llevaba traje; y como siempre, estaba magnífico.

Le gustó tanto que se le hizo la boca agua.

–Pensé que llegarías tarde –dijo, intentando contener su nerviosismo–. Cuando he visto que no estabas en la limusina...

–Es que no tenía tiempo para conducir hasta tu piso de Chelsea –explicó–. Decidí pedir un taxi y esperarte aquí. Espero que no te haya molestado.

Eleanor supo que no se refería a la limusina; obviamente, a nadie le podía molestar que le enviaran una limusina a la puerta de su casa. Se refería a la posibilidad de haberla decepcionado con su ausencia.

–No, claro que no –dijo con brusquedad.

Él la tomó del brazo y la acompañó al interior del aeropuerto. Pero en lugar de dirigirse a las puertas de embarque generales, entraron por una zona reservada a los pasajeros de aviones privados.

–No me digas que, además de tener una isla, también tienes tu propio avión...

Yannis sonrió.

–Me gusta viajar con comodidad –explicó con humor–. Además, es más conveniente; así no tengo que reservar billetes y calcular horarios, ni estar a merced de las líneas aéreas y sus caprichos.

El guardia de seguridad se limitó a saludar a Yannis, que pasó un brazo por encima de los hombros de Eleanor y dijo:

–Vamos.

Pasaron el control de pasaportes y unos minutos después se encontraban en el interior de un avión pequeño, estilizado y muy lujoso.

Eleanor miró los sofás de cuero y las mesitas de café con incredulidad. Estaba acostumbrada a viajar en primera clase por su trabajo, pero siempre dejaba los lujos para sus clientes. Aquella iba a ser la primera vez que, en lugar de servir a otra persona, la servirían a ella.

–Acomódate y disfruta –dijo Yannis.

Eleanor sonrió y se sentó. No sabía si seguir su consejo y disfrutar del viaje o ceñirse a su actitud profesional.

–Ya tendrás tiempo para planificar la fiesta –continuó.

El avión empezó a avanzar por la pista y no tardó en despegar. Al cabo de un rato, sobrepasó el cielo gris de marzo y salió a uno azul e interminable.

–Ya puedes desabrocharte el cinturón –le informó Yannis, desde el sillón de enfrente.

–Ah, sí... claro.

Eleanor se quitó el cinturón y estiró las piernas, intentando parecer relajada. Pero no lo estaba en absoluto.

–¿Por qué estás tan tensa?

–¿Por qué no lo iba a estar? –preguntó ella, sin molestarse en negarlo–. Ni siquiera sé qué hago aquí.

Los ojos de Yannis se ensombrecieron. Tal vez, por incertidumbre; o quizás, porque el comentario le había dolido.

–Te he contratado para que planifiques la fiesta de mi padre –le recordó.

Eleanor soltó un suspiro.

–Ya lo sé, pero no entiendo por qué me elegiste a mí. No tiene sentido. Habría sido más lógico que contrataras a una experta en Grecia.

–Sí, habría sido más lógico.

–¿Entonces?

–Te quiero a ti, Eleanor.

Eleanor se sintió como si le hubieran robado el oxígeno de repente. Miró a Yannis, se quedó embriagada con el magnetismo de sus ojos y deseó volver a probar el sabor de su boca. Pero no quería pensar en eso.

Alcanzó el zumo de naranja que le habían servido poco antes y dio un trago.

–Yannis...

Yannis se inclinó hacia delante.

–No sé por qué te sorprende tanto. Yo te quiero a ti y tú me quieres a mí.

Eleanor estuvo en un tris de atragantarse con el zumo.

–¿Cómo? ¿Qué has dicho?

–¿Por qué crees que no has sabido nada de mí durante tres largos meses? He intentado olvidarte, Eleanor, pero no puedo.

–¿Por eso me has contratado? Para que mantengamos una especie de...

–¿De aventura? –se adelantó él–. No, no es eso lo que pretendo. Lo que siento va más allá de la atracción física.

La confesión de Yannis activó todas las alarmas de Eleanor. Sintió sorpresa, temor y esperanza a la vez.

–¿Qué insinúas?

Yannis la miró con expresión pensativa y dijo:

–No estoy seguro.

Eleanor se recostó en el sillón.

–Explícate, Yannis.

–No sé lo que puede haber entre nosotros. Solo sé que no he dejado de pensar en ti durante tres meses. Te aseguro que me despedí de ti en Nueva York con la intención de poner punto final a nuestra historia; me pareció lo más fácil para los dos, pero...

–¿Sí?

–Pero no ha sido nada fácil; de hecho, me fue imposible –respondió–. Así que decidí invitarte a Grecia, aprovechando la excusa de la fiesta de mi padre, porque necesitaba verte y descubrir qué hay entre nosotros. Quiero conocer mejor a la mujer en la que te has convertido y que tú me conozcas mejor a mí. Quiero saber si esto puede llevarnos a alguna parte. Aunque seguramente te parecerá una locura.

Eleanor parpadeó y tragó saliva mientras intentaba tranquilizarse un poco. Esperaba que Yannis le hiciera una propuesta de otro tipo, que solo quisiera ser su amante; no esperaba que sus ambiciones fueran más lejos ni que se confesara con ella con tanta sinceridad y vulnerabilidad.

–No, no me parece ninguna locura.

Él sonrió.

–¿Seguro?

Ella sacudió la cabeza, pero no se atrevió a hablar. Además, no habría sabido qué decir; por no saber, ni siquiera sabía lo que sentía.

Al igual que él, sentía que entre ellos había algo importante; y al igual que Yannis, desconocía su profundidad. Podía ser un eco de su amor juvenil. O algo nuevo, algo tan frágil y hermoso que no se atrevía ni a planteárselo.

Súbitamente, la perspectiva de pasar dos semanas con él la asustó y la excitó más que ninguna otra cosa en toda su vida. Había estado nerviosa más veces, pero aquello era terror en estado puro.

Yannis debió de notar el miedo de Eleanor; o tal vez fue por el suyo. Fuera como fuera, extendió un brazo, le acarició una mano y sonrió.

–El vuelo será largo y pareces agotada. Deberías descansar un poco.

Eleanor asintió, agradecida por la vía de escape que Yannis le acababa de ofrecer.

Eleanor se movió en el sofá, intentando ponerse más cómoda. Había cerrado los ojos, pero no parecía relajada.

Yannis la observó durante unos momentos. Comprendía perfectamente su inquietud; ni ella ni él tenían motivos para estar tranquilos.

Miró el periódico que había extendido sobre la bandeja del sillón e intentó leer la noticia sobre la compra de una empresa alemana de plásticos. Era una información importante para su negocio, pero no se pudo concentrar. Sus pensamientos volvían una y otra vez a Eleanor y a lo que él le había dicho unos minutos antes.

No pretendía abrirle su corazón de ese modo. Lo había hecho sin querer, sin pensar y, desde luego, sin saber lo que significaba.

Tenía la impresión de que la vida que había llevado hasta entonces naufragaba en un mar de incertidumbres y de posibilidades que tenían a Eleanor como denominador común. Necesitaba estar con ella; pero no sabía si lo necesitaba para sacársela de dentro o para retomar su antigua relación.

Disgustado, soltó un suspiro de frustración y volvió a mirar el periódico.

Estaba harto de especular y de dar vueltas al asunto. Eleanor estaba con él. De momento, era más que suficiente.

Capítulo 8

CUANDO Eleanor se despertó y abrió los ojos, supo que había pasado mucho tiempo desde que se había quedado dormida. No sabía cuánto, pero Yannis había desaparecido y ella tenía el pelo absolutamente revuelto. Como en tantas ocasiones, su intención de ofrecer una imagen fría y profesional había terminado en fracaso.

–Vaya, ya te has despertado...

Giró la cabeza y vio que Yannis estaba detrás, en el pasillo. Se había quitado el traje y llevaba unos pantalones militares y un polo.

A Eleanor le pareció más guapo que nunca. Le pareció que volvía a ser el joven que había conocido.

–¿Cuánto tiempo he estado durmiendo?

–Casi cuatro horas, pero aún faltan dos para que lleguemos –respondió él–. ¿Te apetece comer algo?

Eleanor no tuvo ocasión de responder, porque su estómago se le adelantó con un sonido no demasiado sutil.

Yannis sonrió.

–Tu estómago siempre hacía unos ruidos espantosos cuando tenía hambre –comentó–. Veo que en eso no has cambiado.

–Sí, la verdad es que estoy hambrienta –admitió.

Yannis hizo una señal a uno de sus empleados, que volvió poco después con una bandeja cargada de comida.

Eleanor se sirvió una ensalada, un par de sándwiches y una pieza de fruta fresca.

–Adelante, come...

Ella no necesitaba que la animara a comer, pero se puso a comer de todas formas.

–¿Adónde vamos exactamente?

–A mi isla. Está cerca de Naxos. Pero como te dije, es muy pequeña.

Eleanor lo miró con desconfianza.

–¿Hasta qué punto es pequeña?

–Bueno... solo tiene un par de kilómetros.

–¿Y la única casa que hay es la tuya?

–Casi. También hay varias casas para los empleados y un aeródromo –explicó.

Eleanor se rio.

–¿En serio? Siempre supe que eras un hombre rico, pero no me imaginaba que fueras un rico con isla propia.

Yannis arqueó una ceja.

–¿Qué quieres decir con eso?

Eleanor se encogió de hombros.

–Nada. Pero reconoce que suena como salido de una serie de televisión.

–Con la diferencia de que yo no he heredado nada. Me lo he ganado con mi trabajo.

–¿Ah, sí? –dijo Eleanor, que se detuvo un momento para limpiarse con la servilleta–. Y dime, ¿qué has hecho para tener una isla?

–Invertir, dirigir empresas...

–Pero no empezaste precisamente de la nada,

¿verdad? Si no recuerdo mal, tu padre es dueño de una naviera.

–Lo es, pero nunca he trabajado en su empresa –declaró, claramente molesto–. Él quería fundar una dinastía y eso era imposible.

Eleanor se puso muy recta y carraspeó. Era evidente que Yannis se refería a su supuesta esterilidad.

–¿Te has vuelto a hacer las pruebas? –se atrevió a preguntar–. ¿Qué te han dicho?

Yannis apartó la mirada durante un momento.

–Sí, me las hice cuando volví a Grecia. El médico afirma que tengo un problema de fertilidad limitada.

–Eso quiere decir que puedes tener hijos, ¿verdad? Es una gran noticia...

Yannis se encogió de hombros.

–Supongo que lo es, pero ya había abandonado la idea de ser padre –confesó.

–¿Y cómo es posible que se equivocaran contigo?

–No se equivocaron. Por lo visto, tuve un tipo de esterilidad que a veces desaparece parcialmente con el transcurso de los años... Qué tontería; una simple búsqueda por Internet nos habría ahorrado muchísimos disgustos.

–Yo no estaría tan segura.

–¿Por qué dices eso?

Esa vez fue ella quien se encogió de hombros.

–Si hubieras sabido que el niño era tuyo, ¿te habrías quedado?

Yannis se puso tenso.

–Por supuesto que sí –afirmó, rotundo–. Jamás habría abandonado a mi hijo.

Eleanor giró la cabeza y miró por la ventanilla del avión.

–Te creo, Yannis. Pero no confiaste en mí lo suficiente como para darme la oportunidad de confiar en ti. Y pase lo que pase entre nosotros, no lo podré olvidar.

–¿Tampoco podrás perdonarme?

–Yo no he dicho eso.

Eleanor lo miró nuevamente a los ojos y añadió, con toda la sinceridad que pudo:

–Solo he dicho que no confiábamos el uno en el otro. La confianza es difícil, y en nuestro caso, mucho más.

Yannis permaneció un buen rato en silencio. Cuando volvió a hablar, Eleanor se dio cuenta de que había estado conteniendo la respiración.

–Entonces, tendremos que hacer un esfuerzo para alcanzar esa confianza –declaró con una sonrisa–. Ya veremos lo que pasa después.

Durante el resto del viaje, se dedicaron a charlar de cosas sin importancia. Hablaron del tiempo, de cine y de otras cuestiones inofensivas hasta que él se excusó porque debía terminar un trabajo antes de aterrizar en el aeropuerto de Naxos, donde tomarían un avión más pequeño para viajar a su isla.

Eleanor, por su parte, ni siquiera se molestó en fingir que trabajaba. Estaba demasiado nerviosa, demasiado alarmada y demasiado entusiasmada para eso.

El sol ya se había puesto cuando distinguió las luces del puerto y de la ciudad de Naxos en la distancia. Minutos después, el avión aterrizó en el aeropuerto. Eleanor alcanzó su equipaje y Yannis la acompañó a la avioneta que los iba a llevar a la isla.

Tardaron poco más de diez minutos. A diferencia

de Naxos, la isla de Yannis estaba completamente a oscuras, perdida entre el color negro del mar y el color negro del cielo nocturno.

Cuando aterrizaron y alzó la vista, comentó:

–Creo que no había visto tantas estrellas en toda mi vida.

–Y yo creo que jamás he visto una sola estrella en Nueva York –bromeó él–. Ven conmigo. Mis empleados se encargarán de tu equipaje.

Eleanor lo siguió hasta un jeep. Yannis arrancó y encendió los faros del vehículo, que apenas atravesaban la negrura.

Estaban solos. En una isla solitaria. En mitad del mar.

Eleanor se estremeció y le lanzó una mirada. Yannis había experimentado un cambio absoluto, difícil de creer. Con su ropa informal y al volante de un jeep que avanzaba por un camino de tierra, ya no parecía ni un hombre de negocios ni un jovencito universitario; parecía una persona diferente.

Una persona desconocida.

–Aquí son las once de la noche, pero en Nueva York es pronto y nuestros cuerpos siguen con el horario de allí. ¿Quieres comer algo?

Eleanor asintió. Estaba agotada, pero también asustada y entusiasmada con aquel mundo nuevo.

–Es posible. Pero me contentaría con algo ligero –respondió, sonriendo.

–Le diré al cocinero que nos prepare alguna cosa. Entre tanto, tú puedes lavarte y cambiarte de ropa si te parece oportuno. Tu equipaje llegará enseguida.

Yannis tomó una curva y la casa de la isla apareció en todo su esplendor: era un enorme edificio blanco, con flores en cada alféizar y todas las luces encendidas.

Él detuvo el vehículo y se giró hacia Eleanor.

–Bienvenida.

Una mujer sonriente, con el pelo recogido, se acercó a Yannis y le dijo algo en griego. Después, miró a Eleanor y cambió de idioma.

–Tenerla con nosotros es un placer, señorita Langley.

–Gracias –murmuró Eleanor.

–Te presento a Agathe –intervino Yannis–. Se encarga de... prácticamente todo.

Yannis sonrió nuevamente a Agathe y, a continuación, entraron en el edificio.

El ama de llaves los llevó a una suite que daba a los jardines de la parte trasera; por la oscuridad del exterior, Eleanor solo pudo distinguir los olivos y el mar al fondo.

Su equipaje llegó poco después, de modo que aprovechó la ocasión para lavarse y cambiarse de ropa. Casi era medianoche, pero se sentía despierta y llena de vida.

Se puso unos pantalones de algodón y una camiseta de color verde claro y salió a explorar la casa y a buscar a Yannis.

El ambiente olía a tomillo y espliego, y a través de las ventanas abiertas, llegaba el susurro de las olas. Eleanor avanzó por el pasillo del primer piso hasta llegar a la escalera, cuya barandilla era de hierro forjado. En el vestíbulo no había nadie, así que se asomó al salón y al comedor, pero también estaban vacíos.

Caminó hacia el fondo de la casa y captó un aroma a ajo y limón que despertó su interés. Procedía de la cocina.

Al entrar, vio que Agathe se encontraba junto al horno y que Yannis se había sentado junto a la ventana que daba al mar. También se había cambiado de ropa; y por la humedad de su pelo, era evidente que se había duchado.

Eleanor se estremeció. Estaba muy atractivo.

–Ah, ya estás aquí... Entra, por favor. Agathe ha preparado uno de sus festines habituales –dijo Yannis.

Agathe protestó por el comentario de Yannis mientras servía la comida en la mesa. Había preparado una ensalada de pepino, tomate y feta, además de pescado a la plancha, pan casero y una pequeña variedad de tapas griegas.

–No me puedo comer todo esto... –dijo Eleanor, asombrada.

–Pues tendrás que intentarlo. Lo ha preparado con todo su amor.

Cuando oyó la palabra «amor», Eleanor se puso algo nerviosa. Ni Yannis ni ella misma la habían pronunciado nunca para referirse a su relación; no lo habían hecho diez años antes y, por supuesto, tampoco ahora.

–Gracias por la comida, Agathe.

El ama de llaves asintió y se marchó discretamente.

Eleanor miró los platos y dijo:

–Tienen un aspecto magnífico. Muchas gracias.

Él se encogió de hombros.

–Agathe está empeñada en mimarme. La tuve de niñera en mi infancia y decidí contratarla cuando se quedó sin nada que hacer en la casa de mis padres.

–Se nota que te quiere mucho...

–Es una buena mujer.

Eleanor probó la ensalada. Estaba deliciosa.

–¿Vives aquí?

–Siempre que puedo. Tengo un piso en Atenas porque es conveniente para los negocios, pero este es mi hogar; o por lo menos, el sitio al que me escapo cuando necesito sentirme mejor. He viajado tanto que ya no sé de dónde soy.

–Gajes del oficio, supongo –murmuró Eleanor–. Pero ya que lo mencionas, ¿qué pasó realmente con Atrikides Holdings?

Yannis la miró con sorpresa.

–¿A qué te refieres?

–A que no creo que seas el ejecutivo implacable que creía.

–Intento no ser implacable nunca.

Eleanor arqueó las cejas.

–No sabía que fueras tan sensible.

–¿Sensible? –preguntó él con humor–. No, en absoluto; simplemente es bueno para los negocios. Los trabajadores son más productivos cuando están contentos. Además, detesto perder dinero..

Ella alcanzó un trozo de pan.

–¿Y Atrikides?

Yannis se encogió de hombros.

–Me quedé con la empresa para hacerle un favor a Leandro. Su hijo se había metido en muchos líos y él no tenía las fuerzas necesarias para ponerlo en su sitio –explicó–. Es un anciano y no le queda mucho tiempo de vida.

–Así que lo hiciste por amistad.

Yannis asintió.

–Sí, se podría decir que sí.

–Por lo visto, hay muchas cosas de ti que desconozco.

–Pues pregunta.

Eleanor no supo por dónde empezar; tenía demasiadas dudas sobre él. De modo que preguntó lo primero que se le pasó por la cabeza.

–¿Siempre te interesaron los negocios? ¿Siempre quisiste tener tu propia empresa?

–Sí, pero al principio no me parecía tan importante. Se volvió importante después –respondió.

–¿Después? ¿Cuándo?

Yannis esperó unos segundos y dijo:

–Hace diez años.

Eleanor asintió muy despacio. Al parecer, los dos habían vivido su tragedia personal del mismo modo.

–Bueno, si no quieres hacer más preguntas, me toca a mí –continuó él–. ¿Por qué te convertiste en organizadora de actos?

–Necesitaba un empleo para ganarme la vida. Mi madre me sugirió Premier Planning porque fue su empresa hasta que se jubiló.

–Así que eres la hija de la jefa...

Eleanor se encogió de hombros.

–No me prestó ninguna ayuda. Empecé desde abajo, como todos, y me gané los ascensos con mi trabajo.

–¿Y qué pasó con tu sueño de abrir un café? Creo recordar que querías hacer un curso de hostelería.

Eleanor sonrió.

–Es cierto, pero no lo terminé.

–¿Por qué no?

Ella sacudió la cabeza.

–Estaba embarazada y quería tener el niño, así que dejé lo demás.

–Pero podrías haber seguido después. Y no lo hiciste.

–No. Mi vida había cambiado tanto que ya no tenía sentido.

Eleanor no quería hablar de eso. Estaban condenados a retomar la conversación en algún momento del futuro, pero no tenía ganas de recordar el pasado.

Dejó pasar unos instantes y añadió:

–Tu turno de preguntas ha terminado; me toca a mí otra vez.

–Adelante, pregunta lo que quieras.

–¿Cuál es tu color preferido?

Yannis la miró con sorpresa y humor.

–El morado.

–¿En serio?

Él arqueó una ceja.

–¿Es que no te parece suficientemente masculino?

Eleanor soltó una carcajada.

–No, no es por eso. Es que me parece imposible que el morado sea tu color favorito –respondió–. Me estás tomando el pelo.

–Está bien... Tienes razón. Mi color preferido es el azul.

–¿Claro? ¿U oscuro?

–Oscuro. ¿Y el tuyo?

–El naranja.

–¿El naranja?

–Sí, lo elegí como color preferido cuando estaba en el colegio porque no le gustaba a nadie más. Quería ser diferente.

–Siempre has sido muy obstinada.

–Decidida, más bien –puntualizó.

A Eleanor se le escapó un bostezo de repente. Estaba más cansada de lo que había imaginado y empezaba a tener sueño.

–La comida estaba deliciosa, pero creo que será mejor que me acueste. Si sigo aquí, me quedaré dormida en la silla.

–Entonces, te llevaré a tu habitación.

Eleanor se levantó de golpe. No quería que la acompañara. Le parecía demasiado tentador, demasiado peligroso.

–No es necesario. Ya encontraré...

–Te llevaré a tu habitación –insistió él.

–Pero...

–Permíteme ser un caballero, Eleanor.

Ella no tuvo más remedio que aceptar.

Salieron de la cocina, subieron al piso superior y Yannis la acompañó hasta la puerta de su dormitorio.

–Gracias por todo, Yannis.

Él estaba tan cerca, que Eleanor tuvo la sensación de que la iba a besar. De hecho, deseaba que la besara.

Entonces, él le apartó un mechón de la cara y le acarició la mejilla. Eleanor cerró los ojos, esperando el contacto de sus labios.

Por fin, llegó. Pero no fue el beso apasionado que esperaba, sino una simple caricia inocente. Eleanor ni siquiera tuvo ocasión de reaccionar y provocar una respuesta en él, porque se apartó enseguida y dijo:

–Buenas noches, Eleanor.

Después, dio media vuelta y desapareció en la oscuridad del pasillo.

Yannis salió de la casa, dominado por la frustración. No sabía por qué la había besado.

Se dirigió a la playa, iluminada por la luna, y se

detuvo junto a la orilla; a continuación, se quitó la camiseta y los pantalones y se zambulló sin más.

El agua estaba fría, lo cual era perfectamente normal a principios de primavera; pero siguió nadando de todas formas. Necesitaba relajarse.

Se preguntó por qué la había llevado a Grecia. En su momento, le pareció una idea magnífica; su cuerpo la necesitaba, su corazón la necesitaba y él necesitaba saber si podían retomar su antigua relación. Pero no había calculado lo peligroso que podía llegar a ser.

Ni él ni ella buscaban una relación puramente física. Yannis lo sabía incluso antes de invitarla. Y ahora que la tenía en su casa, le daba miedo.

Maldijo en voz alta, dejó de nadar y decidió volver a la orilla. Todo había cambiado unos minutos antes, cuando la besó en el pasillo de la casa. En ese preciso instante, comprendió que, al llevarla a Grecia, había hecho algo más que abrir las puertas de lo posible: la había expuesto otra vez al dolor, al fracaso, a la pérdida.

Pero Yannis no quería hacerle daño.

Cuando llegó a la playa, se puso la camiseta y se sentó en la arena. No quería volver adentro y tumbarse en una cama vacía, a sabiendas de que Eleanor se encontraba a pocos metros de distancia.

Se acordó de la primera vez que hicieron el amor. Era sábado y la luz de la tarde llenaba la habitación con tonos dorados. Él le acarició la piel y los labios con un dedo hasta que ella rompió a reír y le dijo que le hacía cosquillas.

Su comentario le disgustó, porque la deseaba con toda su alma. Así que se propuso volverla loca de deseo. Y lo consiguió.

Pero lo suyo había sido bastante más que una relación sexual. Eleanor le abrió su corazón y le contó sus sueños y sus esperanzas, que a él le parecían un mundo mágico, casi un paraíso; al fin y al cabo, no tenían nada que ver con su vida ni con las exigencias de su padre.

Sacudió la cabeza y se preguntó, por enésima vez, si habría permanecido con ella de haber sabido que el hijo que esperaba era suyo.

No encontró la respuesta. Pero en cualquier caso, tenía miedo de abrir la caja de Pandora y de que se volvieran a enamorar.

En ese momento se levantó un viento frío. Yannis se estremeció, se levantó y caminó hacia la casa, que ahora era una silueta oscura contra el cielo.

El interior estaba en silencio. Solo se oía el rumor de las olas en la distancia.

Yannis dejó su ropa mojada en el suelo y se tumbó desnudo en la cama. Después, cerró los ojos e intentó dormir.

Solo pudo conciliar el sueño cuando abandonó sus preocupaciones y se acordó de la Eleanor de diez años antes, de la jovencita relajada y sonriente que se acercaba a él para tentarlo con tazas de chocolate.

Cuando se despertó, tenía antojo de chocolate.

Y también de Eleanor.

Capítulo 9

ELEANOR se despertó al oír un sonido distante de campanas. Se levantó de la cama y miró por la ventana de la habitación; el sol ya estaba alto en el horizonte, y al fondo, en lo alto de una colina, distinguió el origen del sonido.

Era un rebaño de cabras, cuyas campanillas tintineaban mientras el pastor las conducía a otros pastos.

Se duchó rápidamente y se puso unos pantalones negros y una camisa blanca. Ropa de trabajo; toda una armadura contra la tentación del deseo. Se sentía demasiado vulnerable tras el beso de Yannis.

Por fin, salió del dormitorio y bajó a la cocina. Agathe estaba preparando el desayuno.

–La cena de anoche estaba deliciosa.

Eleanor lamentó no hablar griego; pero el ama de llaves asintió y sonrió. Obviamente, la había entendido.

–Coma, coma –dijo, señalando la mesa.

Eleanor se sentó y alcanzó el melón, el yogur y la miel mientras Agathe le servía una taza de café.

–¿Sabe dónde está Yannis?

Agathe se encogió de hombros.

–Trabajando. Él siempre trabajando –acertó a responder.

–Ah, gracias.

Eleanor probó el café y pensó que ella debía hacer lo mismo; a fin de cuentas, había viajado a Grecia para organizar una fiesta. Pero las cosas habían cambiado desde la confesión que Yannis le hizo en el avión; no la había contratado por sus capacidades profesionales, sino porque quería estar con ella. Y en realidad, ella había aceptado por el mismo motivo; porque quería estar con él.

Yannis no apareció; así que, cuando terminó de desayunar, decidió explorar la casa. Tenía unas cuantas ideas sobre la fiesta de cumpleaños, aunque debía hablar con él en algún momento para que le diera más detalles. La comida no sería un problema; por lo que había visto, Agathe era más que capaz de encargarse de ella.

Cuando entró en el salón, tan elegante como espacioso, le pareció el sitio adecuado para dar una fiesta; sin embargo, cambió de opinión en cuanto salió a la terraza. Era un lugar precioso, lleno de tiestos con flores, perfecto para una celebración de esas características.

El aire olía a mar y el sol le calentaba la cara. Se sintió tan bien que alzó la cabeza y cerró los ojos para disfrutar un momento.

–Ah, estás ahí.

Eleanor abrió los ojos enseguida. Yannis estaba en el umbral de la puerta que daba a la cocina.

–¿Hay cabras en la isla? –preguntó.

Él arqueó una ceja, sorprendido.

–Sí, en efecto.

–¿Por qué?

–¿Es que no te gustan las cabras?

Eleanor sonrió.

–Bueno, no me he formado una opinión de ellas –ironizó.

–Yo las encuentro muy relajantes. Y realmente bonitas.

Eleanor se rio. Siempre olvidaba que Yannis tenía un sentido del humor muy desarrollado.

–Vamos, lo preguntaba en serio...

–¿Tenemos que ponernos serios? Bueno, si te empeñas... Cuando compré la isla, aquí solo vivía un cabrero. Llevaba toda la vida en estas tierras y sobrevivía vendiendo la leche y el queso en Naxos. Le permití que se quedara a cambio de sus productos.

–¿Y qué hace cuando no estás aquí?

–Lo mismo que cuando estoy. Si tiene que llevar las cabras a Naxos, le presto mi motora. Él solo tenía un bote miserable que parecía que se fuera a hundir en cualquier momento. Una vez le vi subir a una cabra y la pobre estuvo a punto de morir de un infarto.

Eleanor sacudió la cabeza.

–¿Por qué lleva las cabras a Naxos?

–Normalmente no las lleva, pero a veces se ponen enfermas. Y créeme, una cabra enferma es una de las criaturas más desagradables del universo –respondió con humor–. Pero acompáñame; tengo una sorpresa para ti.

–Me gustaría hablar antes contigo. He estado pensando en la fiesta de cumpleaños de tu padre y...

Yannis hizo un gesto de desdén con la mano.

–Ya hablaremos de eso. Vamos a la cocina.

–¿Agathe sigue aquí?

–No, se marchó a Naxos a hacer la compra.

–Entonces, ¿qué quieres... ?

Eleanor dejó de hablar cuando se asomó a la cocina y vio la encimera. Había harina, azúcar, al menos tres docenas de huevos y varios utensilios de cocina. Todo lo necesario para preparar dulces.

–¿Esto es para mí?

–Como tendrás tiempo libre, he pensado que te gustaría entretenerte con lo que siempre te gustó –dijo él.

–Gracias. Es todo un detalle.

–Tengo libros de cocina, aunque supongo que prefieres tus propias recetas. Aún me acuerdo de tu tarta de café.

Eleanor sonrió. La tarta de café era uno de sus mayores fracasos como cocinera, pero a él le había encantado.

–Creo que tienes todo lo que necesitas.

–Sí, eso parece.

–En tal caso, te dejaré a solas para que te diviertas. Yo tengo que trabajar un rato.

Yannis salió de la cocina y Eleanor miró la harina y los huevos con incertidumbre. No había preparado ni una simple galleta en diez años.

Suspiró, alcanzó uno de los libros de cocina y echó un vistazo a las páginas. Todo parecía muy apetecible, pero la cocina ya no le interesaba como antes. El sueño de abrir su propio café había desaparecido entre las sombras del pasado; ni siquiera quería volver a ser la persona que había sido, una joven despreocupada, ingenua y estúpida.

Apartó el libro, molesta, y volvió a la terraza. Después, se quitó las sandalias y caminó hacia la playa, completamente desierta. La arena estaba caliente bajo sus pies y la brisa jugueteaba con su cabello.

Solo llevaba unos minutos allí cuando sintió la presencia de Yannis. No lo vio porque estaba de espaldas, pero la sintió literalmente.

Suspiró y se sentó en la arena.

–¿Eleanor?

Yannis se acercó y la miró.

–¿Va todo bien?

–Sí, es que no tengo ganas de cocinar. Si te soy sincera, no he cocinado nada desde... en fin, desde hace mucho tiempo.

Yannis se sentó a su lado.

–Supongo que desde hace diez años, ¿verdad?

Eleanor asintió.

–Ya te había dicho que ahora soy una mujer diferente.

–¿Por qué dejaste de cocinar?

–No estoy segura –respondió, mirando el mar–. No me lo he preguntado mucho, pero creo que quería alejarme de la mujer que fui porque... porque a esa mujer no le iban bien las cosas –sentenció.

–¿Qué quieres decir con eso?

Eleanor se encogió de hombros. No quería hablar de eso; no quería que Yannis supiera lo desesperada y deprimida que se había quedado tras su marcha.

–Cuando pasó lo que pasó, decidí cambiar, convertirme en una persona nueva. Lo necesitaba, Yannis –dijo–. Pero eso carece de importancia; solo he salido porque no me apetece cocinar. No estoy de humor.

Yannis se mantuvo en silencio.

–Sé que tus intenciones eran buenas –continuó ella–, pero... ¿no comprendes que hemos cambiado? Ya no somos los mismos. No nos conocemos, si es que alguna vez nos conocimos.

La voz de Eleanor había adquirido un tono tenso, casi desesperado. Y no sabía por qué. Por no saber, ni siquiera sabía si quería que Yannis le diera la razón o se lo discutiera.

Pero la reacción de Yannis la sorprendió.

–Creo que exageras un poco, Eleanor. Lo de la cocina solo es importante si cocinar definía tu personalidad de algún modo. ¿Lo hacías porque expresaba tu forma de ser? ¿O simplemente porque te divertía?

Eleanor agarró un puñado de arena, que dejó caer entre los dedos.

–Por las dos cosas y por ninguna. La idea de cocinar fue una reacción a mi infancia... quería tener un lugar que fuera una especie de hogar, el que siempre había deseado. En cierta manera, puede que me quisiera convertir en la madre que nunca había tenido –dijo con una ironía sin humor alguno.

–Comprendo...

–En Nueva York, dijiste que me había convertido en lo contrario de lo que quería ser. Tal vez fuera cierto, pero es posible que esta mujer, la que ves ahora, sea mi verdadero yo.

Yannis giró la cabeza, la miró y habló con voz suave.

–Yo no tenía razón, Eleanor. No has cambiado tanto como crees.

Eleanor sacudió la cabeza.

–Yannis...

–Olvida lo del café, la cocina y hasta tu trabajo actual –la interrumpió–. Todos tenemos que trabajar en algo, pero el trabajo no es la vida. Yo me refería a cuestiones más profundas. Y no has cambiado tanto como crees.

Esa vez fue Eleanor quien se mantuvo en silencio.

–Anda, ven conmigo. Es evidente que he cometido un error al dejarte entre cacharros y cacerolas. Hagamos algo distinto.

–De acuerdo.

Eleanor aceptó la mano de Yannis y los dos se levantaron.

–¿Necesito cambiarme de ropa? –preguntó ella.

–Yo diría que sí. Lo que llevas estaría bien para Nueva York o incluso para Mykonos, pero no para el sitio al que vamos.

Eleanor sonrió.

–¿Y se puede saber adónde me llevas?

–A dar un paseo por la isla. Es toda una aventura... será mejor que te pongas algo apropiado para la ocasión.

Diez minutos después, Eleanor había cambiado sus pantaloncitos de algodón por unos vaqueros, y las sandalias, por unas zapatillas deportivas. Hacía mucho tiempo que no se vestía de un modo tan informal. En Nueva York siempre iba con traje o con ropa de trabajo. Su imagen pública formaba parte de su profesión.

Salieron de la casa y Yannis la llevó por un camino de tierra que se adentraba en la isla.

–¿Y bien? ¿Adónde vamos? ¿Qué se puede hacer en un sitio tan pequeño?

–Disfrutar de las vistas, por supuesto –contestó él.

Caminaron en silencio durante un cuarto de hora, sin oír nada salvo el viento que acariciaba las ramas de los olivos.

Entonces, en uno de los recodos del sendero, se encontraron con una cabra.

Eleanor, que caminaba por delante, se detuvo en seco y retrocedió, asustada. Cuando llegó a su altura, Yannis la miró con perplejidad y humor.

–No me digas que tienes miedo de una cabra...

–No, no es exactamente que tenga miedo; es que no estoy acostumbrada a los animales del campo. Recuerda que vivo en una gran ciudad.

Yannis se rio.

–Las cabras son absolutamente inofensivas.

El animal baló en ese momento, como si quisiera llevarle la contraria.

Eleanor dio un paso atrás. Jamás habría imaginado que el balido de una cabra le resultara tan amenazador.

–Limítate a pasar a su lado. A ella no le importará.

–¿Cómo sabes que es hembra?

–¿Tú qué crees? –respondió él, divertido–. Además, lleva el nombre en la campanilla. Mira, se llama Tisífone.

–¿Tisífone? ¿No era una de las Furias?

–Sí, a Spiro le encanta la mitología de la Grecia clásica –explicó–. Pero solo es un nombre; no te asustes por eso.

–Pero esta mañana has dicho que las cabras pueden ser muy desagradables...

–Solo cuando están enfermas o las subes a un barco.

Eleanor rompió a reír. Seguía estando asustada, pero con Yannis a su lado, se sentía capaz de hacer cualquier cosa. Incluso de pasar por delante de una cabra feroz.

Tomó aire, sacó fuerzas de flaqueza y siguió andando. Unos segundos después, él le pasó un brazo por encima de los hombros y ella soltó el aire que había retenido.

–¿Lo ves? No ha pasado nada.

–No, es verdad. Pero las cabras no son tan bonitas como decías –ironizó.

Yannis se rio y la apretó un poco contra su cuerpo. Eleanor sintió una profunda alegría. Echaba de menos su contacto físico y emocional. Extrañaba la posibilidad de estar junto a una persona que la entendía, que la aceptaba y con quien podía bromear sobre las cosas más tontas. Pero también le daba miedo.

Yannis se detuvo al llegar al pie de una colina llena de arbustos de espliego.

–Ahora tenemos que subir un poco. Ten cuidado; hay muchas piedras sueltas y te podrías torcer un tobillo.

Eleanor asintió y eligió el camino con cuidado. En cierto momento, trastabilló y estuvo a punto de caer, pero Yannis la agarró al instante.

Veinte minutos más tarde, se detuvieron en una pradera donde no había nada salvo un montón de piedras

–Ya hemos llegado.

–¿Adónde? ¿Qué hay aquí?

–¿Es que no lo ves?

Eleanor miró con más atención. Había arbustos, árboles y las piedras en las que ya se había fijado. Pero de repente, se dio cuenta de que no eran piedras normales. Estaban colocadas en orden; eran lo que quedaba de varios edificios.

–Aquí hubo un pueblo –dijo él–. Hace dos mil años.

Yannis se acercó a una piedra y la tocó.

–Siempre me ha apasionado la arqueología. A decir verdad, he hecho unos cuantos descubrimientos en la isla... restos de cerámica e incluso una cañería rota. No es mucho, pero a mí me parece fascinante.

Eleanor avanzó entre dos filas de piedras labradas y comprendió que había sido una calle. Le pareció triste, bello y emocionante a la vez.

–¿Qué pasó? ¿Qué causó toda esta ruina?

Yannis se encogió de hombros.

–El hambre, las enfermedades, los piratas, la guerra... cualquiera sabe. Fuera lo que fuera, los habitantes originales se vieron obligados a abandonar la isla. Pero tardé poco en descubrir adónde fueron.

Eleanor lo miró.

–¿Fueron a algún sitio?

Él sonrió.

–Sí. En unas excavaciones de Naxos se han descubierto restos de cerámica que coinciden con las de aquí. Por lo visto, se subieron a sus barcos y cambiaron de isla.

–Como las cabras...

–Sí, más o menos.

–¿Y no regresaron? –preguntó Eleanor con interés.

Yannis echó un vistazo a su alrededor.

–Parece que no.

–Supongo que aprendieron que nunca se puede regresar.

Yannis le lanzó una mirada intensa.

–No, nunca. Pero se puede seguir adelante. Como ellos.

La tomó de la mano y empezaron a descender la colina. Poco después, Yannis añadió:

–El futuro siempre es mejor que el pasado. Solo

tienes que echar un vistazo a las ruinas de Naxos para saberlo... aunque las de aquí, tampoco están mal.

Eleanor se rio. Se sentía muy cómoda con él.

Cuando llegaron a la casa, estaba sudorosa y muerta de calor. Yannis la invitó a darse un chapuzón en el mar y ella aceptó encantada.

Subió al dormitorio y se puso el bañador, aunque se sintió un poco incómoda ante la perspectiva de aparecer medio desnuda delante de Yannis.

Cuando llegó a la playa, él ya estaba allí. Eleanor se había puesto una toalla alrededor de la cintura, para taparse un poco; pero no pudo apartar la mirada de su cuerpo. Era un hombre enormemente atractivo, de hombros anchos y piel morena.

Yannis se giró y le dedicó una mirada de admiración.

Eleanor se excitó.

–Ven. El agua está perfecta en esta época del año.

A pesar de que el sol calentaba bastante, Eleanor dudó.

–¿No es un poco pronto para nadar? Estamos en marzo.

–A finales de marzo –puntualizó él.

Eleanor dejó la toalla en la arena y siguió a Yannis cuando él se zambulló.

–¡Ah! –exclamó al salir a la superficie–. ¡Está helada!

–Nada y entrarás en calor –dijo él, sonriendo–. Además, creo recordar que pasabas los veranos en Long Island. Deberías estar acostumbrada al agua fría.

–Pero no nadábamos nunca en marzo.

Estuvieron nadando alrededor de una hora. Se dedicaron a reír y a jugar hasta que Yannis comentó que se le estaban poniendo azules los labios.

Antes de que ella pudiera protestar, él la tomó en brazos y la sacó del agua. Eleanor rompió a reír, pero la risa se le ahogó en la garganta cuando se encontró apretada contra su pecho.

Yannis la llevó al interior de la casa, subió al primer piso y la dejó en el suelo al llegar a la puerta de su dormitorio.

Eleanor no dijo nada. No podía hablar.

Se limitó a esperar que la besara.

Pero Yannis no la besó. Le acarició la mejilla con sus dedos fríos y dijo:

–Te veré en la cena. Es a las siete en punto. Ah, y no te pongas otro de tus trajes oscuros... quiero que lleves algo especial.

Dicho esto, se marchó.

Eleanor apoyó la espalda en la puerta, temblando de excitación, y se preguntó qué sería especial para él y por qué no la besaba. Estaba segura de que había notado su deseo. Era absolutamente evidente.

Suspiró y entró en el dormitorio.

De repente, las horas que faltaban para la cena le parecieron un siglo.

Yannis salió de la casa silbando. Se sentía renovado, relajado, feliz; no solo por estar con ella, sino porque ella parecía tan contenta como él.

Sin embargo, su alegría desapareció cuando se volvió a formular las preguntas que lo atormentaban. Qué sentía por Eleanor. Por qué la había invitado a la isla. Qué estaban haciendo allí.

Dejó de silbar y pensó.

Adoraba su compañía, pero no sabía si se había enamorado y no quería hacerle daño otra vez. Además, tampoco estaba seguro de que pudieran olvidar el pasado y seguir adelante, como había insinuado durante su paseo matinal.

Cerró los ojos y se odió a sí mismo. La quería tanto, que no soportaba la idea de herirla. Pero por otra parte, el amor y el dolor siempre iban de la mano; cuando se confiaba en alguien, se le abría el corazón y se exponía a cualquier cosa.

De repente, se le ocurrió algo que no se había planteado hasta entonces. Tal vez no tuviera miedo de hacer daño a Eleanor, sino de que Eleanor le hiciera daño a él.

Abrió los ojos y decidió dejar sus preocupaciones para otro momento. No en vano, estaba viviendo la temporada más feliz de su vida. No quería estropearla. Quería atesorarla y saborearla despacio, lentamente.

De hecho, había elegido no besar a Eleanor porque prefería esperar y asegurarse de que ella estaba preparada; pero la deseaba tanto, que cruzó los dedos para que tardara poco.

El sol se empezaba a poner en el horizonte cuando Eleanor se puso el vestido negro de noche y se miró en el espejo. Era la prenda más sexy de su armario; se ajustaba a su cuerpo y mostraba una generosa porción de escote. Además, se había puesto un collar que le caía entre los senos y acentuaba el efecto general.

Se dejó el pelo suelto, se maquilló y se puso unos zapatos negros, de tacón alto. Después, salió de la habitación.

Cuando llegó a la escalera, vio luz en el salón y se le aceleró el corazón al instante; tuvo la sensación de que Yannis podría ver a través de la sedosa tela del vestido.

Respiró hondo, bajó y entró en la sala. Yannis se giró al oír sus pasos y sonrió. Se había puesto una camisa blanca y unos pantalones oscuros.

–Habíamos quedado en que no llevarías nada negro...

–Oh, vamos. Esto no es precisamente un traje de trabajo.

–No, desde luego que no –dijo con malicia, devorándola con la mirada–. ¿Quieres que cenemos en la terraza? Hace una noche preciosa.

–Por supuesto.

–¿Te apetece beber algo?

–No, ya tomaré vino cuando empecemos a cenar –respondió ella–. Es extraño, pero me siento... nerviosa.

Yannis arqueó una ceja.

–¿Por qué?

–No lo sé. Todo esto es tan nuevo... Como si empezáramos otra vez.

–Es lógico, porque estamos empezando otra vez –dijo él–. Ven, salgamos a la terraza.

Se acercaron a la mesa, en la que ardían dos velas, y se sentaron. Yannis le sirvió una copa de vino, alzó la suya y propuso un brindis.

–*Opa* –dijo.

–¿*Opa*? ¿Qué significa eso?

–No sé cómo se diría en tu idioma, pero es algo así como «salud» –respondió–. Aunque si quieres que brindemos de la forma tradicional en Grecia, tendríamos que tirar los platos al suelo.

–¿Y desperdiciar toda esta comida? –dijo, horrorizada.

–Sí, tienes razón –Yannis sonrió.

La cena pasó rápidamente, mientras Agathe entraba y salía con platos nuevos y Yannis rellenaba una y otra vez su copa. Cuando llegaron a los postres, Eleanor ya estaba completamente relajada y satisfecha.

–¿En qué estás pensando? –preguntó él.

–Oh, en muchas cosas...

–¿Como por ejemplo?

–Pensaba en las aceitunas –dijo con sinceridad–. De niña no me gustaban, pero ahora me encantan.

–¿Solo pensabas en eso?

–No, pero tú ya has preguntado; ahora me toca a mí. ¿Qué estabas pensando?

–Que estás preciosa esta noche. Y que siento envidia de ese collar.

Eleanor se llevó una mano al collar y se ruborizó; sin embargo, Yannis decidió no presionarla y cambió de conversación.

–Dime, ¿qué has estado haciendo durante estos diez años? Además de trabajar, por supuesto...

–No mucho. El trabajo ha sido el centro de mi existencia.

–¿Y eso te hace feliz?

–¿Y a ti? –contraatacó–. Por lo que he visto hasta ahora, tengo la sospecha de que el trabajo también ha sido el centro de tu vida.

Yannis respondió en voz baja.

–No, no creo que me haga feliz.

–A mí tampoco –le confesó ella.

–¿Qué te gustaría hacer, si pudieras cambiar? –preguntó Yannis, dejando la servilleta en la mesa–. Ya me has dicho que no quieres abrir un café.

Eleanor sintió un acceso de timidez. No esperaba que le hiciera tantas preguntas. Pero sorprendentemente, quiso contestar.

–Bueno... me gustaría crear una fundación. Me dedico a organizar fiestas cuando hay muchos niños en el mundo que ni siquiera se pueden divertir. Me gustaría aprovechar mis conocimientos para ofrecerles algo entretenido, incluso frívolo; para que puedan ser niños durante un momento.

Yannis la tomó de la mano y dijo:

–Es un proyecto magnífico.

–Gracias –se limitó a decir–. ¿Y tú? ¿Qué harías si pudieras?

Yannis se echó hacia atrás.

–No lo sé. He estado tan ocupado con mis negocios que nunca me lo he preguntado.

–El dinero no es un problema para ti. Podrías hacer lo que quisieras.

Él sonrió.

–Ahora que lo dices, es verdad. Se me están empezando a ocurrir ideas –dijo con picardía–. Pero vayámonos de aquí; según parece, ya hemos terminado de cenar...

–Sí, eso parece.

Yannis se levantó, la tomó de la mano y la llevó hacia las escaleras.

Cuando Eleanor comprendió que la llevaba a su dormitorio, soltó un gemido ahogado.

Él se detuvo, la miró y preguntó, simplemente:

–¿Eleanor?

Ella asintió. Había tomado una decisión.

Capítulo 10

YANNIS abrió la puerta. El dormitorio estaba a oscuras, pero la luz de la luna entraba por la ventana e iluminaba una cama con sábanas de satén.

Cuando la miró, ella se dio cuenta de que ardía en deseos de acostarse con Yannis; pero la timidez se impuso de nuevo y la empujó a hacerle una confesión.

–Hace mucho que no me acuesto con nadie.

–Pues ya somos dos.

Eleanor se quedó atónita.

–¿Lo dices en serio? ¿Cómo es posible?

Yannis sonrió con ironía.

–Por supuesto que lo digo en serio. ¿Qué creías?

–No sé... nada, supongo. Pero me extraña en ti. Estoy segura de que a las mujeres les parecerás irresistible.

–Es posible, pero a mí solo me interesa una mujer; una mujer que ha estado empeñada en mantener las distancias conmigo... Aunque espero que deje de resistirse.

–Descuida. No se resistirá.

Yannis la miró un momento y se quitó la camisa. Después, llevó las manos a la cremallera de su vestido y se la bajó; la prenda cayó al suelo inmediatamente.

–Estás preciosa, Eleanor. Llevo mucho tiempo esperando esta noche.

–Y yo –acertó a decir ella.

Yannis le quitó el sujetador. En cuestión de segundos, Eleanor se quedó completamente desnuda; atrapada entre el pudor y la confianza en sí misma. Pero cuando él se quitó el resto de la ropa y la empezó a acariciar, se relajó por completo.

Se tumbaron sobre las sábanas de satén. No se oía más ruido que el sonido de sus respiraciones. Eleanor llevó una mano a su pecho y lo tocó. Su piel estaba caliente; y ella, terriblemente nerviosa.

–No temas –dijo Yannis en voz baja–. Si no quieres seguir, no pasa nada.

Su declaración la decepcionó tanto, que dijo:

–Claro que quiero seguir. No voy a permitir que te escapes.

–¿Escaparme? ¿Yo? –preguntó él con humor–. Te aseguro que no pienso ir a ninguna parte.

Yannis la besó en el cuello y descendió hacia sus senos. Eleanor se dejó llevar por la exquisitez de sus atenciones y le clavó las uñas en la espalda. Al cabo de un rato, cuando supo que ya no podía soportarlo más, Yannis cambió de posición y la colocó a horcajadas sobre él.

–Ahora te toca a ti –dijo.

–¿A mí?

–Sí, a ti.

La timidez de Eleanor duró poco. Ahora tenía el control de la situación.

Se inclinó hacia delante y le besó el pecho. Habían pasado muchos años desde la última vez que hicieron el amor, pero recordaba perfectamente su cuerpo y sus gustos. Ya había llevado una mano a su entrepierna, cuando él gimió y la apartó.

–Está bien, dejemos tu turno para otro momento. Ahora es el turno de los dos.

La penetró con un movimiento inmensamente dulce y suave. Eleanor cerró los ojos y se concentró en la sensación de formar un solo ser con él, de estar conectados.

Era tan embriagadora que bastó para borrar diez años de dolor y tristeza.

Aquello era mucho más de lo que habían tenido en el pasado. Era mucho mejor. Era un principio; algo nuevo, bello y puro.

Tras hacer el amor, se quedaron abrazados. Eleanor apoyó la cabeza en su hombro y se dedicó a acariciarle el estómago.

Se sentía asombrosamente cómoda con él.

–Acabo de darme cuenta de que no me he puesto un preservativo –dijo Yannis de repente–. ¿Hay alguna posibilidad de que te quedes embarazada?

–No, no te preocupes por eso. Tomo la píldora.

Yannis asintió y no dijo nada. Eleanor lo miró y se preguntó si se sentía aliviado por la noticia o decepcionado por ella. Quiso preguntárselo, pero no quería estropear el momento con especulaciones.

Minutos después, Yannis giró la cabeza.

–¿Eleanor?

–¿Sí?

–Háblame de nuestra hija.

Eleanor gimió.

–Yannis, por favor...

Él la besó con dulzura.

–Háblame de ella. Te lo ruego.

–No hay mucho que contar. Era una cosita preciosa y diminuta... pero tenía un problema de corazón. Cuando llevaba seis meses embarazada, el médico me dijo que no sentía sus latidos. Intentó tranquilizarme; por lo visto, las máquinas fallan de vez en cuando y no consiguen captar los latidos de los bebés –explicó–, pero no era un fallo técnico. Tuvieron que inducirme el aborto.

–Dios mío...

–Fue lo más duro que me ha pasado.

–¿Estabas sola?

–Sí, mi madre se encontraba en viaje de negocios, en California. En cuanto a mis amigos, estaban muy lejos, en la universidad.

–Lo siento mucho, Eleanor.

Ella sacudió la cabeza.

–Fue terrible, Yannis. Tan terrible, que no se lo conté a nadie.

–¿A nadie? –preguntó, extrañado.

–No. Pero tú mereces saberlo.

–¿Yo? ¿Que yo merezco saberlo? –declaró con amargura–. Fui un canalla, Eleanor. Te dejé sola.

–Olvídalo, Yannis...

–No, no lo puedo olvidar.

Yannis la tomó de las manos y la miró a los ojos.

–Perdóname, Eleanor; perdóname por lo que te hice. Perdóname por haber desconfiado de ti; pero sobre todo, perdóname por haberte fallado... te prometo que, pase lo que pase, no te volveré a fallar nunca.

Eleanor asintió y dijo la verdad, lo que sentía.

–Ya te he perdonado, Yannis.

Él la abrazó con todas sus fuerzas y apoyó la barbilla en la parte superior de la cabeza de Eleanor.

Ella pensó que se podría haber quedado así toda la noche. O mejor aún, toda la vida.

Cuando se despertó, Yannis se había marchado. Se sentó, miró el espacio vacío de la cama y se preguntó dónde estaría y si se habría arrepentido de la noche anterior.

–Buenos días.

Al oír su voz, se sobresaltó tanto que soltó la sábana con la que se estaba cubriendo los senos. Yannis estaba sentado en una silla, con el ordenador portátil abierto sobre la mesita. Se había puesto unos vaqueros y tenía mojado el pelo.

–Buenos días...

–No quería despertarte; pero tampoco podía alejarme de ti –le confesó.

–¿No podías?

–No.

Ella sonrió con timidez; él se levantó y le ofreció la mano.

–Vamos a desayunar. Estoy hambriento.

–Y yo...

Cuando se vistieron y bajaron a la cocina, descubrieron que Agathe ya les había preparado el desayuno, aunque se había marchado.

Se sentaron y estuvieron charlando un par de horas, hasta que Eleanor decidió que había llegado el momento de ponerse a trabajar.

–Debería empezar a planear la fiesta.

–Tenemos tiempo de sobra.

–Yannis, solo faltan diez días para el cumpleaños de tu padre. Hay que organizar las cosas, comprar la comida...

Él se encogió de hombros.

–Pero tenemos tiempo de sobra –insistió.

Eleanor no hizo caso.

–Me estaba preguntando si tienes fotografías u objetos de tu infancia. Podríamos ponerlos por ahí, como decoración.

–¿Por qué? Es la fiesta de mi padre, no la mía.

–Sí, ya lo sé, pero celebramos la vida de tu padre y tú formas parte de ella. Ten en cuenta que los recuerdos son importantes.

–¿Lo son?

Eleanor frunció el ceño. Sabía que Yannis no mantenía una buena relación con su padre, pero le extrañó su actitud. Era como si pensara que a su padre no le iba a gustar.

–Si se te ocurre alguna idea mejor...

Yannis se encogió de hombros otra vez.

–Bueno, creo recordar que hay una caja con fotografías viejas en una de las habitaciones. Mi hermana Alecia no tenía sitio en su casa nueva, así que las dejó aquí. Si quieres, puedes echarles un vistazo.

Él se levantó y añadió:

–Ya que vas a trabajar, supongo que yo debería hacer lo mismo. ¿Nos vemos para comer? –preguntó.

Ella asintió y Yannis salió de la cocina.

Eleanor dedicó el resto de la mañana a mirar las fotografías. Había imágenes de cumpleaños, Navidades y vacaciones de verano en la playa. Muchas eran de la infancia de Yannis y sus hermanas, pero también encontró un par de su adolescencia; en una de ellas, en la que él debía de tener alrededor de quince años, aparecía con la mirada distante. Se acordó de que para entonces ya habría pasado las paperas y que seguramente sabía lo de su infertilidad.

–Veo que las has encontrado...

Eleanor se giró hacia la entrada de la habitación.

–Sí, en efecto.

Yannis entró y se acercó.

–¿Qué estás mirando? Ah, esa fotografía... No creo que quieras ponerla por ahí.

–¿Qué ocurre, Yannis? Cuéntamelo.

–¿Qué quieres que te cuente?

–Háblame de tu familia, de tu pasado. De tu padre.

Yannis dudó un momento y sonrió con tristeza.

–No hay mucho que decir, Eleanor. Pero deja las fotografías un rato... Agathe ha preparado la comida y sospecho que estarás hambrienta.

Yannis salió de la habitación sin decir nada más. Y dejándola con más dudas que nunca.

Cuando bajó a comer, él había recuperado su buen humor. Se comportó de forma encantadora; sonreía, bromeaba y charlaba sin parar. Pero Eleanor no se dejó engañar por su aparente felicidad.

Le molestaba que Yannis se negara a hablar de sus sentimientos después de que ella le hubiera abierto su corazón. Era como si se arrepintiera de los secretos que habían compartido la noche anterior; como si en lugar de acercarlos, el sexo lo hubiera empujado a adoptar una posición distante, remota, segura.

Y tuvo miedo.

Aquella noche, después de cenar, Yannis la llevó a su dormitorio. Eleanor estuvo a punto de negarse, pero no tuvo fuerzas; entre otras cosas, porque también lo deseaba.

–¿Yannis?

Yannis se detuvo al llegar a la puerta. Después, le acarició la mejilla y ella apretó la cara contra su mano.

–¿Qué ocurre, cariño?

Eleanor lo miró, sonrió con tristeza y lo siguió al interior de la habitación.

Capítulo 11

LA SEMANA siguiente transcurrió de la misma forma. Cuando no trabajaban, hacían el amor o salían a pasear. Pero Yannis estaba cada vez más distante con Eleanor, y ella se sentía cada vez más insegura.

Sin embargo, solo faltaban unos días para la fiesta de cumpleaños; se vio obligada a dejar sus preocupaciones a un lado y concentrarse en el proyecto. Ya había encargado la comida necesaria y contratado a una banda de músicos de Naxos, pero seguía sin encontrar un tema para la fiesta, algo que le diera coherencia, emoción y sentido.

Una tarde, le preguntó:

–¿Tu padre tiene alguna comida preferida?

–No lo sé, la verdad.

Eleanor suspiró con impaciencia.

–¿Tiene preferencias por algún tipo de música? ¿Por algún juego, quizás? Ayúdame un poco, Yannis. Estamos hablando de la fiesta de tu padre.

Él la miró y apretó los labios, molesto.

–Lo sé, pero no lo conozco muy bien. Casi no hemos hablado en quince años.

Eleanor se quedó boquiabierta y tardó unos segundos en reaccionar.

–¿Por qué? ¿Y por qué quieres organizarle una fiesta de cumpleaños si ni siquiera... ?

Yannis se encogió de hombros.

–Fue cosa de Alecia, no mía. Si necesitas algo, habla con ella.

Eleanor se tuvo que morder la lengua, pero lo dejó pasar. Consiguió que Yannis le diera el teléfono de su hermana, y quince minutos después, la llamó desde el teléfono de su dormitorio.

–*Kalomesimeri*.

Eleanor solo sabía unas cuantas palabras de griego, pero se atrevió a responder en su idioma.

–*Kalomesimeri... Mi la te Anglika?*

–Sí, desde luego que sí –dijo Alecia con humor–. Y tienes acento estadounidense.

–Porque lo soy... Me llamo Eleanor Langley. Estoy organizando la fiesta de tu padre.

–¿Una estadounidense organizando la fiesta de mi padre? Vaya, Yannis se ha superado con su originalidad. Y supongo que no te estará ayudando mucho, porque si tienes que llamarme a mí...

–No, no me está ayudando nada –declaró Eleanor con humor.

–Es típico de él; solo tiene tiempo para su trabajo. Pero no siempre fue así, ¿sabes?

–¿En serio?

–De joven era un encanto –afirmó Alecia–. ¿Qué necesitas saber?

–Cualquier cosa que me puedas decir de tu padre y de sus gustos. He encontrado unas cuantas fotografías, pero...

–Ah, sí, esas fotografías. Las dejé allí hace tiempo.

–¿Cómo es tu padre? ¿Qué tipo de fiesta le gustaría?

–No te preocupes demasiado. Mi padre es un hombre sencillo. Creció en los muelles del Pireo... se ganaba la vida en las calles y tuvo que trabajar mucho para llegar a ser lo que es ahora. Le gustan las cosas directas y sin complicaciones, aunque me temo que a veces puede resultar demasiado directo y algo malhumorado.

–Comprendo –repuso Eleanor, sin saber qué decir.

–Ah, le encanta la música *rembetika*... Ya sabes, ese tipo de música que se toca por las calles de mi país. Creció con ella y no se avergüenza de su pasado.

Eleanor lo apuntó en su libreta.

–Sin embargo, el motivo principal de esa fiesta no es el cumpleaños de mi padre –continuó Alecia–, sino la posibilidad de reunir a la familia. Hace años que estamos más distanciados de la cuenta; mis hermanas se dedican a sus hijos y Yannis siempre está trabajando... Será una excusa perfecta para reunirnos otra vez.

Alecia se detuvo un momento y añadió:

–Ah, por cierto, te recomiendo que sirvan *tarama salata* y *loukomia*; lo primero es una ensalada de pescado, y lo segundo, un dulce tradicional. Son sus preferidos.

–*Tarama* y *loukomia* –repitió Eleanor mientras tomaba nota–. Muchas gracias.

Armada con la información, tomó las decisiones oportunas e incluso llamó a los músicos de Naxos para preguntar si podían tocar *rembetika*. Aquella noche, Yannis entró en la cocina cuando ella estaba ordenando sus notas; se había ausentado durante la cena con la excusa de que tenía trabajo, de modo que ella había cenado con Agathe.

–¿Qué tal te va?

–Bien –respondió Eleanor–. Tu hermana me ha sido de ayuda.

–Excelente. ¿Nos vamos a la cama?

Eleanor alzó la cabeza; por lo visto, Yannis pensaba que el sexo servía para solucionar todos los problemas; pero se equivocaba.

–No, Yannis. Tengo que... tengo que trabajar un poco más. Falta muy poco para la fiesta.

–Como quieras.

Yannis la miró con frialdad y se marchó.

Una hora después, Eleanor entró en su dormitorio y se metió en la cama, sola. Habría dado cualquier cosa por acostarse con él, pero no podía aceptar aquella situación. Necesitaba algo más que una relación sexual, por buena que fuera. Necesitaba sinceridad, confianza. Y era demasiado cobarde como para pedírsela directamente.

Yannis estaba en la cocina cuando Eleanor bajó a desayunar. Se había puesto un traje y tenía el maletín en el suelo.

–Buenos días –dijo él, alzando la mirada del periódico.

–¿Te marchas?

–Tengo que ir a Atenas, pero volveré a tiempo para la fiesta –respondió.

–¿Para la fiesta? ¿Me vas a dejar aquí sola hasta el día de la fiesta? –preguntó, asombrada.

Eleanor no esperaba eso de él. No esperaba que volviera a huir.

–No, en absoluto; volveré antes... pero de todas

formas, no me necesitas para organizarla. Sé que no te he sido de gran ayuda.

–No, no lo has sido.

Eleanor se sirvió un café y se sentó a la mesa.

–¿Se puede saber qué te pasa, Yannis?

Él tardó un momento en responder.

–Nada. Como ya te he dicho, tengo que ir a Atenas. Pero volveré tan pronto como me sea posible.

Ella se sintió enormemente frustrada.

–¿Y qué pasará cuando vuelvas? ¿Qué está pasando entre nosotros?

–Bueno, supongo que seguiremos igual. Tenemos que descubrir lo que sentimos y lo que queremos...

–Ya.

–¿Por qué no dejamos la conversación para cuando vuelva? Estaremos más relajados tras la fiesta de mi padre.

Yannis echó un vistazo al reloj y se levantó.

–Debo irme. Tengo una reunión a las once de la mañana.

Eleanor se mantuvo en silencio y él le acarició la mejilla.

–No te preocupes, Eleanor –añadió–. Esto no es el final.

Antes de que pudiera responder, Yannis recogió el maletín y salió de la cocina.

Tal vez no fuera el final, pero Eleanor tuvo la impresión contraria.

Yannis no tenía ningún motivo especial para viajar a Atenas. Se había marchado porque no soportaba la presencia de Eleanor; porque estaba convencido de que no podía darle lo que necesitaba: confianza, sinceridad y amor.

Apenas llevaba unos minutos en el despacho de su oficina cuando su secretaria lo avisó por el intercomunicador.

–Alecia acaba de llegar.

–Dile que pase.

Su hermana entró como una exhalación, cargada de bolsas. Yannis estuvo a punto de gemir; adoraba a Alecia, pero la conocía lo suficiente como para saber que no habría ido a verlo sin un buen motivo.

–Me han dicho que estabas en Atenas.

–¿Quién te lo ha dicho?

–Tu estadounidense. Acabo de hablar con ella por teléfono –respondió–. Y por cierto, no parecía precisamente contenta... ¿estás seguro de que podrá organizar la fiesta de papá?

–Completamente.

Alecia se sentó y frunció el ceño.

–Tienes mucha fe en esa mujer.

–La tengo porque la conozco. Me organizó una fiesta en Nueva York.

–En Nueva York –repitió ella, pensativa–. Y tú estabas de muy mal humor cuando volviste de Nueva York...

–No sé lo que estás pensando, pero...

–Ah, claro, ya lo entiendo. Solo espero que esa estadounidense te trate mejor que la anterior, hermanito.

–No sigas, Alecia.

–Ay, Yannis... me encantaría encontrar al amor de mi vida; pero a veces, preferiría que lo encontraras tú –declaró.

–Dudo que esa persona exista.

–Yannis, la soledad no es buena para nadie. Quiero que seas feliz. E incluso que te enamores y me des una sobrina con tus ojos.

–No sé si eso sería posible.

–¿Por qué? ¿Por qué no puedes tener una familia?

Yannis se preguntó lo mismo. Siempre se había planteado el problema desde el punto de vista de su padre; casarse y tener hijos para fundar una dinastía. Pero de repente, tuvo una revelación. No se trataba de fundar dinastías, sino de amar y ser amado.

Y estaba profundamente enamorado de Eleanor.

–Es verdad –dijo, empezando a sonreír–. ¿Por qué no puedo tener una familia?

Eleanor dedicó los días siguientes a trabajar. Yannis ni siquiera la había llamado por teléfono, y aunque ardía en deseos de hablar con él, no estaba tan desesperada como para rebajarse a dar el primer paso.

El día anterior a la fiesta, estaba en la cocina hablando con Agathe sobre la lista de invitados cuando su móvil sonó. Era él.

–Hola, Eleanor. ¿Cómo van los preparativos de la fiesta?

–Bien, creo. Tu familia irá llegando a lo largo del día... ¿Cuándo vuelves?

–Esta madrugada. Siento haberme retrasado. Estaba esperando una cosa.

–¿Esperando una cosa?

–Sí, pero te lo diré mañana. Te lo prometo.

La promesa de Yannis no la animó en absoluto.

Cuando cortó la comunicación, estaba más deprimida que antes.

El día de la fiesta amaneció despejado. Eleanor se acercó a la ventana del dormitorio y contempló el cielo azul, sin una sola nube. No sabía si Yannis estaba en la casa; tenía intención de esperarlo, pero se había dormido poco después de medianoche.

Se apartó de la ventana y salió de la habitación. Tenía muchas cosas que hacer.

Yannis estaba sentado a la mesa de la cocina, tomando un café y leyendo el periódico. Estaba tan atractivo que ella se estremeció.

–Ah, estás aquí...

–Buenos días –dijo, mirándola con afecto–. Anoche llegué tarde y no te quise molestar.

Ella asintió.

–Me alegra que hayas vuelto.

–Yo también me alegro –dijo Yannis, sonriendo–. Por cierto, acabo de saber que Parthenope y sus hijos llegarán dentro de unos minutos, pero me gustaría hablar contigo en algún momento.

–Cuando quieras.

Yannis se levantó, le acarició el cabello y se inclinó para besarla.

–Tengo tantas cosas que decirte...

Él se marchó entonces, y su familia empezó a llegar poco después. Eleanor los saludó a todos e intentó recordar sus nombres, aunque se sentía fuera de lugar; al fin y al cabo, solo era la persona que había organizado la fiesta. Además, ellos no sabían que mantenía una relación con Yannis. Y Yannis estaba tan ocupado que no podía prestarle atención.

La fiesta ya estaba en su apogeo a media tarde, aunque los padres de Yannis no habían llegado todavía. Los niños jugaban en la playa, sus padres charlaban y reían y Eleanor iba de un lado para otro, asegurándose de que no faltaba nada y de que todos estaban contentos.

Al cabo de un rato, Alecia se acercó a ella en el vestíbulo.

–Has hecho un trabajo excelente. Y me encanta la idea de decorar la casa con nuestras fotografías... Sé que a mi padre le gustará mucho.

–¿Sabes cuándo llega?

Alecia se rio.

–¿Quién sabe? Pronto, espero. Es como Yannis; se pasa la vida trabajando. Se parecen mucho.

–¿En serio? –murmuró Eleanor.

Alecia ladeó la cabeza y la miró con interés.

–¿Por qué te ha contratado Yannis? Me extraña que eligiera una estadounidense.

–Bueno, tu hermano y yo somos... viejos conocidos.

–¿Viejos conocidos? Hace unas semanas, cuando Yannis volvió de Nueva York, tuve la sensación de que había estado con una mujer. Y cuando le sugerí la idea de que organizara la fiesta, se le iluminó la cara... Me pregunto si tú sabes algo de eso.

Eleanor se ruborizó. No quería revelar su relación con Yannis, porque ni siquiera sabía si tenía futuro.

–No sé...

La puerta principal se abrió en ese momento, interrumpiendo su conversación. Aristo Zervas entró en la casa, alto e imponente, y escudriñó el lugar con unos ojos idénticos a los de su hijo. Llevaba a su esposa, Kalandra, del brazo.

En cuanto lo vio, Alecia corrió a darle un beso. Elana y Parthenope, dos de sus hermanas, se le sumaron; pero Yannis, que llegó poco después, se mantuvo al margen.

–Hijo...

–Hola, papá. Me gustaría presentarte a una persona.

Yannis se acercó a Eleanor, le pasó un brazo alrededor de la cintura y añadió:

–Te presento a Eleanor Langley.

Aristo la miró de los pies a la cabeza.

–Es muy importante para mí, papá.

–¿De verdad? –dijo Aristo, con una sonrisa a mitad de camino entre la ironía y la burla.

Eleanor reaccionó y dio un paso adelante.

–Encantada de conocerlo, señor.

Aristo asintió y volvió a mirar a su hijo.

–Me alegra observar que has venido a la fiesta; pensé que, como siempre, tendrías demasiado trabajo. Y francamente, ni siquiera sé por qué trabajas tanto... no podrás dejar tu riqueza a nadie.

Eleanor se estremeció. Por el comentario de Aristo, empezaba a entender el rencor de Yannis.

–Ya sabes que el trabajo es mi vida, papá –dijo Yannis, sin inmutarse–. Pero vamos dentro; estoy seguro de que querrás saludar a los demás.

Aristo y el resto de los Zervas desaparecieron en el interior de la casa; sin embargo, Yannis se quedó en el vestíbulo y tiró de Eleanor para llevarla a la playa.

–Yannis, tengo que ocuparme de la fiesta...

–Pueden estar sin nosotros durante un rato. He intentado encontrar un momento para hablar contigo, pero tengo la sensación de que me evitas.

–No, yo no...

Eleanor no terminó la frase. A fin de cuentas, era verdad que lo había estado evitando.

Cuando llegaron a la playa, ella se quitó los zapatos. El sol calentaba bastante, pero la brisa marina era fresca y la arena estaba fría.

–Siento no haber hablado antes contigo.

–No importa.

Yannis se detuvo y la miró.

–Y siento lo de mi padre. Como ves, no tenemos la mejor de las relaciones.

–¿Siempre ha sido así?

–No, cambió cuando tuve las paperas y me quedé estéril.

–Pero... ¿por qué le importa tanto? No fue culpa tuya. Además, sigues siendo su hijo.

Él suspiró y se pasó una mano por el pelo.

–Después de tener cinco hijas, mi padre casi había perdido la esperanza de tener un heredero varón. Entonces llegué yo y avivé sus ilusiones, pero se esfumaron cuando el médico me dijo que no podría tener descendencia... Había trabajado toda una vida para crear un imperio empresarial que dejarme a mí, para que mi hijo lo heredara después. No quería una familia, sino una dinastía. Y todo eso se fue al traste por un diagnóstico que, al final, ni siquiera era exacto.

–Oh, Yannis...

–Bueno, eso ya no importa.

–Claro que importa...

–No –la corrigió con suavidad–. Da igual lo que mi padre piense de mí, Eleanor. Ya no busco su aprobación, aunque es posible que intentara obtenerla inconscientemente cuando decidí centrar mi vida en el trabajo. Quién sabe... Pero cuando volví a Atenas, me di cuenta de lo que quería.

–¿Y qué quieres? –preguntó Eleanor.

–A ti. Te quiero a ti. Estoy enamorado de ti.

Los ojos de Eleanor se llenaron de lágrimas. No esperaba aquella declaración. No esperaba que Yannis le hablara con tanta sinceridad.

–Yo también te amo, Yannis...

–¿Sabes por qué me marché a Atenas? Porque estaba aterrado. Todo iba tan deprisa... no sabía qué hacer. Pensaba que tenía miedo de hacerte daño, pero en realidad temía que tú me hicieras daño a mí.

–Sí, sé lo que se siente –susurró ella.

–Desde que mi padre supo que yo era estéril y cambió de actitud conmigo, me sentí un fracaso; no solo en relación con él, sino también con los demás. Me dediqué a alejar a la gente para no sentir nada, pero eso cambió cuando te conocí. Entonces, te quedaste embarazada y pensé que me habías traicionado –declaró él, sacudiendo la cabeza–. Y cuando nos volvimos a encontrar... Discúlpame, Eleanor. Necesitaba marcharme unos días para aclararme un poco.

–¿Y te has aclarado? Lo pregunto porque pareces diferente; no sé, más seguro.

–Parezco más seguro porque lo estoy. Cuando mi hermana apareció en mi despacho y...

–¿Tu hermana? –lo interrumpió.

–Sí, Alecia. Me preguntó por qué no quería tener una familia y me di cuenta de que nunca me lo había planteado en esos términos. Pensaba como mi padre; pensaba en términos de dinastías, no de familia.

Yannis se detuvo un momento, la tomó de la mano y sonrió.

–En ese momento lo supe. Me di cuenta de lo que quería, de lo que siempre había querido. Pero el amor da miedo, Eleanor... tú lo sabes tan bien como yo. La esperanza es muy peligrosa.

Eleanor derramó una solitaria lágrima.

–Quiero que tengamos una familia –continuó él–. Y por encima de todo, quiero estar contigo el resto de mi vida. Nunca me había atrevido a tener un sueño, pero ahora lo tengo. Estar contigo y, tal vez, que me des un hijo. O una hija.

De repente, Yannis hincó una rodilla en el suelo ante ella y se sacó una cajita del bolsillo.

–Este es el motivo por el que me retrasé. Es el anillo de mi abuela, pero tenían que volver a engarzarlo y tardaron más de lo previsto.

Yannis abrió la cajita y le enseñó el diamante más grande que ella había visto en su vida.

–Eleanor Langley, ¿quieres casarte conmigo?

Capítulo 12

ELEANOR miró el anillo, lo miró a él y solo fue capaz de decir una cosa.

–Oh, Yannis...

–¿Eso es un sí?

–No lo esperaba –declaró, confundida–. Te aseguro que no esperaba que...

Se le quebró la voz y rompió a llorar.

–¿Qué ocurre? –preguntó él–. Estás llorando.

–Es por la emoción; no te preocupes.

En ese momento, oyeron la voz de una de las hermanas de Yannis.

–¡Yannis!

–Oh, vaya, seguro que quieren que nos hagamos fotografías –explicó.

Eleanor se secó las lágrimas e intentó sonreír.

–Pues ve con ellos. Estamos en una fiesta –le recordó–. Ya hablaremos más tarde.

–Ven conmigo. Quiero que salgas en las fotos.

–No, nadie me conoce todavía; además, tengo que ir a la cocina para asegurarme de que la comida está preparada. Nos veremos después.

Él se despidió y volvió a la casa. En cuanto se quedó a solas, Eleanor empezó a llorar otra vez. Tenía motivos para ello; mientras exigía sinceridad a Yannis, le había estado ocultando un secreto tan importante que le causaba pavor.

Yannis sonrió tanto para las fotografías de familia que le empezaron a doler las mejillas. Además, estaba preocupado por Eleanor; esperaba que se alegrara cuando le propusiera el matrimonio, pero había reaccionado de forma extraña, casi con desesperación. Y no sabía por qué.

Frustrado, interrumpió la sesión fotográfica y se dirigió a la salida. Alecia protestó, pero él se encogió de hombros y se limitó a decir:

–Voy a buscar a Eleanor.

Yannis no podía saber que, para entonces, Eleanor había decidido marcharse de la isla. Estaba tan desesperada que no podía permanecer allí; si se quedaba, tendría que contarle la verdad. Y no podía soportar la idea de que la rechazara o, peor aún, de que la aceptara con resignación.

Pero tenía un problema; la única forma de salir de la isla era el avión privado de Yannis. En ese momento, distinguió las luces de la granja del cabrero y tuvo una idea.

Subió a la habitación, se cambió de ropa, recogió el bolso y el pasaporte y salió de la casa, dejando todo lo demás. Ya había anochecido; la luz de la luna iluminaba el sendero, pero de forma tan tenue que tropezó un par de veces.

Quince minutos después, llegó a la granja y llamó a la puerta. Le abrió un hombre de cabello canoso y aspecto algo desaliñado, que sostenía una taza de café.

–*Yasas... Parakaló...* –dijo ella, intentando recordar el poco griego que sabía.

–No se moleste. Hablo su idioma.

–Menos mal –declaró, aliviada–. Necesito ir a Naxos en su bote.

–¿A estas horas? –preguntó Spiro.

–Le estaría muy agradecida. Es importante.

El hombre la miró con detenimiento, se encogió de hombros y asintió. Quizás, por la expresión de Eleanor, llena de desesperación; o quizás, por el fajo de billetes que le dio.

–Iré a ponerme las botas. Pero tardaré un rato en preparar el bote –le advirtió.

Unos minutos después, estaban en la playa. Cuando Eleanor vio la minúscula embarcación del cabrero, se asustó.

–¿Ese es el único bote?

–Sí. La motora es de Zervas.

Eleanor dudó, pero ya no podía volver atrás. En otras circunstancias, habría sido sincera con él aunque se arriesgara al rechazo; sin embargo, no tenía corazón para destrozar sus ilusiones después de lo que le había confesado. Quería tener hijos con ella.

Cuando el cabrero terminó de preparar la embarcación, la invitó a subir. Justo entonces, se oyó otra voz.

–¿Qué diablos estás haciendo?

Eleanor se quedó helada.

–Yannis...

Yannis la miró con frialdad.

–¿Qué es esto? ¿Una especie de venganza?

–¿Venganza? –repitió ella–. No, yo...

–Se trata de eso, ¿verdad? Querías que sufriera lo

mismo que tú. Aceptaste venir a Grecia y estar conmigo porque...

–No, no es verdad –susurró Eleanor–. Te aseguro que no es ninguna venganza.

Yannis la tomó de la mano y tiró de ella hacia la casa; pero Eleanor no quería enfrentarse a su familia en esas condiciones.

–Por favor, Yannis... ¿No podríamos hablar a solas?

Yannis ni siquiera respondió. Pero en lugar de llevarla con su familia, dejaron la casa atrás y siguieron caminando.

–¿Adónde me llevas?

–A donde quieres ir.

Cuando Yannis se detuvo unos minutos después, Eleanor comprendió el sentido de sus palabras. Se encontraban en el aeródromo.

–Llamaré al piloto. Vive en Naxos, pero estará aquí enseguida –le informó–. Puede llevarte a donde quieras, aunque imagino que querrás volver a Nueva York... Si querías abandonarme, no tenías que subirte a un bote destartalado en mitad de la noche. Solo tenías que decírmelo, Eleanor.

El dolor de Yannis era tan evidente, que a Eleanor se le partió el corazón.

–Yo no quiero abandonarte.

–Teniendo en cuenta que estabas a punto de marcharte a Naxos sin decirme nada, eso resulta difícil de creer.

–Pero es verdad.

–Dime, ¿te sientes mejor ahora? ¿Qué tal sabe la venganza? –la desafió–. ¿Esto es lo que querías? ¿Ganarte mi afecto para dejarme plantado?

–Basta ya, Yannis. Te prometo que...

–¡Excusas! –exclamó él–. Haz lo que quieras. Sube a ese avión y márchate.

Las acusaciones de Yannis le molestaron tanto que reaccionó con ira.

–No me voy a subir a ese avión; por lo menos, ahora. Es verdad que estaba a punto de huir, pero no de ti, sino de mí misma. Esto no es ninguna venganza, Yannis. Simplemente, tengo miedo.

Yannis se quedó en silencio durante unos momentos.

–¿De qué tienes miedo, Eleanor? –preguntó al fin.

–De decepcionarte. Y de quedarme contigo por motivos equivocados.

–Parece que ahora eres tú quien no confía en mí, Eleanor. ¿Cómo podrías decepcionarme?

Ella respiró hondo antes de responder.

–Con los hijos, Yannis. Sé que tendría que habértelo dicho; pero no podía, estaba demasiado asustada. Además, éramos tan felices y todo iba tan bien...

–¿De qué estás hablando?

–De que no puedo tener hijos.

Yannis se quedó sin habla.

–No es que sea estéril –continuó ella–. Físicamente, puedo tenerlos; pero... ya sabes que nuestra hija falleció por un problema de corazón. Me hice pruebas y descubrí que tengo un defecto genético incurable. Los médicos afirman que, si me volviera a quedar embarazada, habría un setenta y cinco por ciento de posibilidades de que ocurriera lo mismo. Y no puedo volver a pasar por eso. No puedo.

Yannis se había quedado tan callado que Eleanor se desesperó. No sabía lo que estaba pensando; no sabía lo que estaba sintiendo.

–Sé que cometí un error al guardar el secreto. Todo este tiempo te he estado exigiendo sinceridad, pero era yo quien te fallaba.

Yannis la tomó entre sus brazos y la apretó contra su pecho.

–Lo siento, Eleanor; siento haber revivido tus fantasmas con esa idea de tener hijos... –dijo en voz baja–. No es que no me importe; me importa mucho. Pero cuando he dicho que quería tener una familia, me refería a estar contigo. ¿Crees que después de todo lo que he sufrido por culpa de mi padre sería capaz de anteponer la paternidad al amor? ¿Crees que sería capaz de cometer esa equivocación?

Eleanor no podía hablar. No podía pensar.

Yannis le secó las lágrimas con la mano y le acarició la cara con una dulzura inmensa.

–Te amo, Eleanor. Ni tú ni yo somos perfectos; tenemos cicatrices, recuerdos, tristezas que nos persiguen... Pero el amor es así. Implica compartirlo todo, lo bueno y lo malo. Implica aceptación –afirmó él con una sonrisa amable–. Dime, ¿estás dispuesta a aceptarme con mis defectos y mis errores?

–Sí –respondió Eleanor entre sollozos.

–Pues yo también te acepto a ti. No te voy a dejar por eso. Ni ahora ni nunca.

–Pero no quiero decepcionarte –susurró ella.

Yannis sacudió la cabeza.

–¿Decepcionarme? Siempre pensé que había decepcionado a mi padre por no darle lo que quería, la posibilidad de continuar su preciosa línea de sangre. Viví avergonzado durante años... hasta que te conocí. Tú has hecho que me sienta entero, feliz; como el hombre que debía ser, como el hombre que quiero ser.

–Pero también quieres...

–Te quiero a ti –la interrumpió–. Siento que no podamos tener hijos, pero ya encontraremos una solución. Te amo, Eleanor. Amo tu fuerza, tu valor, tu sentido del humor y tu sonrisa. Siempre sacas lo mejor de mí; logras que sea el hombre que quiero ser. Y hagas lo que hagas, no me decepcionarás.

Eleanor no podía creer lo que estaba escuchando. Deseaba creerlo, quería confiar, pero no se atrevía.

–Esta tarde me has dicho que querías tener hijos, Yannis –insistió–. No es un problema menor.

–Te he dicho que quería tener una familia; nuestra familia –puntualizó él–. Además, podríamos adoptar un niño. Si quieres tener hijos, por supuesto. ¿Quieres tenerlos?

–Sí –asintió Eleanor.

–Entonces, encontraremos la forma. La encontraremos juntos y afrontaremos juntos cualquier decepción. Eso es lo que quiero, Eleanor. No quiero que volvamos a huir el uno del otro.

Eleanor cerró los brazos alrededor de su cintura.

–Te amo, Yannis. Lamento haber permitido que me dominara el pánico. Sé que no debí huir, pero no podía pensar con claridad.

–Sé lo que se siente, Eleanor. Pero a partir de ahora, pensaremos, hablaremos y estaremos juntos.

Ella asintió otra vez. Se sentía inmensamente feliz y agradecida.

–Bueno, será mejor que volvamos a casa –continuó él–. Me temo que tendremos que dar unas cuantas explicaciones... mis hermanas nos van a acribillar a preguntas.

–No importa.

Eleanor supo que tenían mucho por delante. Debían tomar decisiones sobre el trabajo, los niños, la familia e incluso el continente donde iban a vivir. Sin embargo, mientras regresaban a la casa, se dio cuenta de que ya no tenía miedo. Estaba entusiasmada. Porque pasara lo que pasara, lo afrontaría con él.

Bianca

¿Una reina por conveniencia?

No cabía la menor duda de que su matrimonio era por conveniencia y por necesidades políticas, pero la bella y tímida Aziza El Afarim tenía la esperanza de que su marido, el chico al que había idealizado, recordase la conexión que había habido entre ambos de niños.

Pero el jeque Nabil Al Sharifa no se parecía en nada al chico que había sido. Las pérdidas sufridas y el peso del poder lo habían cambiado hasta hacerlo irreconocible. El niño amable y cariñoso se había convertido en un adulto despiadado al que solo le importaba la pasión. Iba a dárselo todo a Aziza, menos su amor.

Pero mientras la presión para dar un heredero al trono aumentaba, ¿podría haber algo más que obligación en el lecho matrimonial?

ENAMORADA DESDE SIEMPRE

KATE WALKER

2

¡YA EN TU PUNTO DE VENTA!